UN ASESINO SOLITARIO

colección andanzas

Élmer Mendoza

Un asesino solitario

FABULA
TUSQUETS
EDITORES

1ª edición en Andanzas: enero 1999
2ª edición en Andanzas: abril 1999
1ª edición en Fábula: octubre 2001
2ª reimpresión en Fábula: noviembre 2005

© 2001 Élmer Mendoza.

Diseño de la colección: Pierreluigi Cerri

Ilustración de la cubierta: viñeta de Gustavo Chávez.
© Gustavo Chávez.

Reservados todos los derechos de esta edición para:
© Tusquets Editores México, S.A. de C.V.
Campeche 280-301 y 302, Hipódromo-Condesa, 06100 México, D.F.
Tel. 55 74 63 79   Fax. 55 84 13 35

ISBN: 970-699-043-7
Fotocomposición: Quinta del Agua Ediciones, S.A. de C.V.
Aniceto Ortega 822, Del Valle, 03100, México, D.F.
Tel. 5575 5846   Fax 5575 5171

Impresión: Litográfica Ingramex
Centeno 162, Granjas Esmeralda, 09850 México, D.F.

Impreso en México/*Printed in Mexico*

Índice

Para Leonor

1

¿Sabes qué carnal? Durante el año tres meses y diecisiete días que llevamos camellando juntos te he estado wachando wachando y siento que eres un bato acá, buena onda, de los míos, no sé cómo explicarte, es como una vibra carnal, una vibra chila que me dice que no eres chivato y que puedo confiar en ti, a poco no. Pienso que como todos debes tener lo tuyo, tu pasado y eso, pero es una onda que ni me va ni me viene si te he visto no me acuerdo, ya ves lo que se dice de los que trabajamos aquí, en el Drenaje profundo: que somos puros malandrines, puros batos felones, y de ahí parriba; será el sereno, pues sí ni modo que qué, así que carnal, acomódate porque el rollo es largo. ¿Quieres tequila? Órale, la botella está sobre esa piedra; que quieres un toque, órale, aquí tengo; en esa caja hay cerveza; pero si quieres perico ése sí te lo voy a deber. Ahora que si lo que tienes es jaria ahí están esos tamales; yo, ya sabes carnal, estoy bien con mi coca y mis galletas pancrema.

¿Y cuál es el rollo?

Barrientos carnal, ¿te acuerdas de Barrientos? ¿Aquel candidato chilo a la presidencia? Ah, pues me contrataron para bajarlo. Todo empezó así: estaba yo en mi cantón limpiando mi fusca, oyendo a los Credence bien acá, cuando sonó el teléfono. Esperaba una llamada de Gobernación, así que me tendí, ¿Diga?, Necesito hablar contigo, dijo un bato que no reconocí, ¿Quién habla?, A las siete en el Sanborns de San Ángel, Órale, pero no voy si no me dices quién eres, y colgó; Éste bato, pensé, chale. Eran las dos veintidós de la tarde. Primero pensé en no ir, Qué se está creyendo este güey, que coma mierda, pero recapacité de volada y me dije, Pues sí, no te hagas pendejo, si el bato llamó es porque te conoce y sabe qué onda contigo, así que deja de hacerle al felón y prepárate, tal vez tus días de desempleado estén contados y sirve que sales de esta ratonera aunque sea por un momento, además el lugar no está mal, cumples la cita y de paso le echas un ojo a las perfumadas, quién quita y se te antoje alguna. Total, me puse guapo, un traje azul y eso, me eché una comida corrida en El Famoso y me fui caminando hasta Insurgentes por la calle de Edison. Me gusta llegar a tiempo, así que tomé un taxi y media hora antes de las siete estaba yo tirando barra cerca de la única entrada del Sanborns de San Ángel, en el rincón donde venden libros, tarjetas, chucherías y me puse a wachar. El que había llamado tendría que entrar por ahí y yo estaría bien puesto para amacizarlo. Cincho que era conocido, claro, si no cómo me hubiera hablado con ese aplomo y cómo sabría mi teléfono si casi nadie lo tenía. De todas maneras no está de más ser desconfiado, y sobre todo en esta profesión, que primero Dios espero volver a ejercer pronto. Estaba entretenido viendo el *Playboy* cuando entró un bato que conocía como el Veintiuno, eran las siete y seis, pensé, Este güey debe ser el que llamó, sabe cómo localizarme desde hace mucho tiempo y es una fiera para fingir la voz. ¿Y si no fuera?, pensé, así que mejor me quedé quieto, como esperando que la virgen me hablara; el Veintiuno entró apresurado, recorrió el restorán con la mirada, caminó hasta las primeras mesas, husmeó como sabueso y regresó a la puerta. Yo, vigilando machín, me acomodé tras un exhibidor y vi que entraba al bar y salía de inmediato, entonces me dejé ver y se acercó sonriendo, ¿Qué tal Macías, cómo estás?, Muy bien, ¿y tú?, Excelentemente bien, respondió muy acá, Creí que me ibas a dejar plantado, No, qué onda. El bato era un enlace de lujo, acá, machín, Ven, vamos a echarnos un trago, así que pasamos al bar y nos sentamos. Sigues sin chamba, no preguntó el bato, lo dijo, Más o menos, Pensé que con lo de Chiapas te iban a recontratar, También yo pero sigo en estánbai, A muchos ya los llamaron, supongo que estás esperando, Siempre estoy a la espera, ya sabes. Me miró machín, ya nos habían puesto un par de güiskis y eso significaba que había algo importante. Le llegamos al ron, al brandy, a la cheve, al tequila, pero nomás nos va un poquito bien o queremos impresionar o celebrar pedimos que nos sirvan escocés, a poco no. Necesito que me hagas un trabajo, dijo el Veintiuno, que sabía que me gustaban las cosas al grano y que no me

13

pasaba estar más de lo necesario con mis contratantes, Tú dirás, había trabajado con él muchas veces, Es en tu tierra, ¿Qué onda con mi tierra?, acababa de volver y no me simpatizaba la idea de regresar, ¿Eres de Sinaloa, verdad?, ¿Tiene eso alguna importancia?, porque los sinaloenses somos acá, bien regionalistas, Es posible, ¿De qué lugar?, De Culiacán, donde casi no hay viejas buenas, pensé, ¿Desde cuándo no vas?, Desde hace poco, allí pasé navidad y año nuevo, Pues necesito que regreses, dijo, ¿A Culiacán?, Exactamente. A pesar de ser lunes el local estaba hasta la madre, los chilangos cada día son más alcohólicos, ¿De qué se trata?, te recuerdo que yo con narcos no me meto, ¿A poco hay narcos en Sinaloa?, quiso agarrar cura, ¿Qué no los corrieron a Guadalajara? Pero lo paré en seco, Es muy claro lo que quiero decir, yo ni con narcos ni con mujeres, ya lo sabes, dejó de sonreír, Tranquilo Macías, ni mujeres ni narcos, no me he olvidado, aunque nunca he comprendido por qué, el trabajo es el trabajo; le habló a la mesera para que le sirviera igual, yo apenas lo había probado y es que cuando camello o hago tratos no me gusta tomar, luego la riegas gacho. Es cosa mía, tómalo como una regla, Reglas, tienes reglas, por eso te dicen como te dicen, ¿verdad?, no contesté, lo cual no quiere decir que no me halagaran sus palabras, tomé mi vaso, Vas a ganar cien mil dólares, estaba echándome un trago cuando lo anunció y casi le llueve al bato, Mierda, pensé, ¿se trata de matar al Papa o qué?, porque con curas tampoco me gusta meterme, sin embargo apechugué y traté de disimular que no me impresionaba la cifra, pues sí ni modo que qué, pero en mi cabeza, chale carnal, estaba como loco haciendo cuentas y sacando cuánto era en pesos mexicanos y qué podía comprar con ellos. ¿De qué se trata?, pregunté muy acá, era de esos momentos en que es imposible resistir la tentación, ¿Te interesa?, su mirada era durísima, Digamos que tú me buscaste, y seguramente la mía no era menos porque bajó la cara, Eres el indicado, dijo y se echó un buen trago, Valiendo madre, pensé, me va a cuentiar, el bato sabía que yo no era de los que se dejaban ir de hocico, cierto, nos pusimos tensos, acá, pues sí ni modo que qué, él tomaba y yo lo miraba, pero es que esa era otra onda que no me pasaba, que me echaran rollo como en las películas; chale, se hace el jale o no se hace y punto. Ya ves, el pobre Rambo era el indicado y tuvo que ir a matar como a ochocientos vietnamitas poniendo en grave peligro su vida, así que no respondí, me limité a wacharle el dibujo de la corbata, Hay que matar a un candidato, chale, lo dijo en el momento en que se hizo el silencio en el bar y se oyó clarísimo, no sé si alguna vez te ha tocado, estás en un lugar, todo muy chilo, acá, todo mundo cotorreando y de pronto un silencio que no te la andas acabando. Ándese paseando, pensé, con razón, ¿quién valdrá cien mil cueros de rana?, ¿Un candidato a la presidencia?, pregunté, Claro, ¿quién va a ofrecer tanto por un candidato a diputado o a senador? El Veintiuno se relajó de volada, aunque lo que decía no era cierto, era normal que lo olvidara, pero en años anteriores habíamos despachado a varios aspirantes a diputados por cantidades parecidas, ¿Quién es?, ¿Quién crees que valga eso? No me acordé cuántos candidatos había, pero sí recordé quiénes eran los fuertes, los que salían todos los días en el noticiero de Abraham Malinovski y que según la prensa podrían ganar muchos votos, ¿Es el que estoy pensando?, Ese mero, dijo, El del bigote poblado y la sonrisa simpática. Chale carnal, no me la andaba acabando, jamás tuve tantos deseos de rajarme al recibir una encomienda, ni siquiera cuando hice mi primer jale, y ahí estaba el pinche Veintiuno con su orgullo de patrón, sonriendo, tomando güiski y yo con ganas de abrirme, de decirle, Sabes qué, no soy tu hombre cabrón, búscate otro, o búscate un grupo, es demasiado para un bato como yo que trabaja en solitario; así que empleé el truco más viejo para decir que no, Por esa cantidad apenas al del Ferrocarril o al del Verde Ecologista, y dejó de sonreír, ande pinche, le había dado en la pura pata de palo, y es que el Veintiuno era muy agarrado el cabrón, Óyeme, ¿cien mil verdes se te hace poco?, y yo montado en mi macho, Ya te dije, No te comprendo Macías, de veras, si no te conociera pensaría que tienes miedo, No hay nada que comprender, dejémoslo de ese tamaño, búscate otro, por esa cantidad sobra quien te arañe las manos. Iba por el tercer güiski y ya estaba agarrando color, pero con mi negativa se puso rojo, Pues sí, sólo que yo quería que tú salieras beneficiado, No te preocupes, mi necesidad no es tanta,

además ya sabes que cuentas con mi discreción. Me
sentí aliviado, y es que era un jale muy difícil, pues sí,
casi casi para suicidas, ¿Por cuánto lo harías?, preguntó el bato, la verdad yo esperaba que dijera, No
mames pinche Macías, cómo le echas crema a tus tacos, te doy ciento veinte o ciento cincuenta, algo así,
pero parece que él también deseaba definir de volada,
así que me fui hasta arriba, Por quinientos mil, dije.
Pensé que jamás me los daría, por eso me cabreé
cuando preguntó si serían las condiciones de siempre, chale, estaba entrando machín en un embudo
gacho, como de alaridos, Las mismas, respondí sin
estar muy seguro de que había hecho un trato, No
vengo preparado y sabes que no puedo expedirte un
cheque, dijo el bato, Nos vemos mañana a las seis de
la tarde en el parque Hundido, frente al reloj de flores. De pronto sentí que había caído por el embudo
y como que los oídos se me tapaban, pero aún pude
preguntarle, ¿Es condición bajarlo en Sinaloa?, Ni
más ni menos, y para ser precisos en Culiacán, Tal
vez sería más fácil aquí, Sin embargo al que paga le
conviene allá. Chale carnal, en la que me acababa de
meter, querías chamba, órale güey, ahí la tienes; pero
bueno, creo que un quinientón de cueros de rana
bien valía el riesgo, y claro, pa qué te digo que no si
sí, mi cabeza de volada se puso a hacer cuentas y la
verdad resultaba una buena pachocha, como dicen,
a quién le dan pan que llore, y si me ponía buzo podría resolver el problema económico para tochos los
días de mi vida, casi ni iba a ganar billetes el bato,

¿eh?. Me intrigó un poco que el Veintiuno no chistara, qué onda, ya te dije que era un bato que cuidaba mucho la feria. Eso sólo podía significar una cosa: que había dinero a pasto, a poco no, y que además él no iba a desembolsar un quinto. Antes de largarnos me recomendó sumo cuidado, dijo que este jale era otra cosa, y yo, Simón simón, que al día siguiente con el anticipo me daría la información necesaria. Me pasó una tarjeta con el nombre de Elena Zaldívar, que iba a ser mi contacto para comunicarme con él, Órale, se la acepté por cortesía. Cada quien salió por su lado, la noche estaba acá, fresca, y yo me clavé en una morra perfumada que traía una minifalda brillosa, unos setecientos, calculé, pero chale, no me aventé a decirle nada y agarré un taxi para mi casa.

2

El 17 de diciembre me dijeron que ya no me ocupaban, que el país estaba de lo más machín, que el presi les había puesto una pela de perro bailarín a todos sus enemigos y que el último año se la iba a pasar cachetona, nomás cosechando aplausos, inaugurando obras y dejándose querer, Órale, pensé, y que la raza como yo salía sobrando y que no había reversa; Bueno, les dije, no hay purrún, donde manda capitán no gobierna marinero, ahí nos vidrios cocodrilo, pero la verdad fue que nos cortaron bien gacho, ni siquiera nos pusieron en la congeladora como otros años, así que cada quien agarró sus tiliches y órale, se largó sin decirle nada a nadie; y yo, que no tengo ni perro que me ladre, me dejé caer por la col Pop a pasarme unos días con mi amá, que desde hace un resto vive sola. No lo tenía planeado, y es que en el trabajo mío no se podía planear nada, pues sí ni modo que qué, simplemente me empecé a acordar de un chorro de cosas de cuando estábamos morrales, de los carnales y la raza del barrio, los buñuelos y el pollo relleno, la verbena y las posadas, las canciones de los Apson, de los Credence, de Los Hermanos Carrión, de la raza que traga cerveza con aquel pinche frillazo que no se la anda acabando, casi ni les dan ganas de ir a mear a los cabrones, chale, creo que me entró duro la nostalgia y me dejé caer por Culichi dizque a pasar navidad y año nuevo con la familia. Es chilo ese rollo de la familia, de estar con tu raza, porque lo que fue el recorte ése sí estuvo felón. Jiménez, el segundo del jefe H, el subjefe como quien dice, me lo notificó con una risita de aquéllas, chale, qué chuecos; sin embargo lo asimilé de volada, pues sí ni modo que qué, yo a veces me ando cayendo y el orgullo me levanta, además ya te dije: los sinaloenses somos así, correosos, orgullosos, atrabancados de a madre. Con que esas tenemos, dije entre mí, pues órale, coman mierda, yo me voy para mi casa, como cuando uno está morro y te vale madre tocho: que no me quieren, órale, los he visto no me acuerdo, al cabo soy el dueño del balón y si quieren jugar ya saben. Pero no hay mal que por bien no venga carnal, me pasé machín la navidad cotorreando con los carnales, los cuñados y los sobrinos que tenían edad de ir a los bules, porque los pequeños a mí nomás no, y también con las carnalas convertidas en señoras gordas y las sobrinas y por supuesto con mi amá, una viejita acá, buena onda. Estuvimos tirando barra, acordándonos de todas las maldades que hacíamos y también de las que no hacíamos para que nos trajera algo Santo Clos, qué buen puntacho. Me sentía muy suave oyendo tanta pendejada de muñecas que movían los ojos, carritos de cuerda, bicicletas o canicas de flor de guayacán, no sé si te tocó conocerlas y jugar con ellas, eran bien centaleras; me sentía alivianado, lo que pasa es que uno también es humano carnal, también tiene sus sentimientos, a poco no, aunque chale, haya raza que diga lo contrario. Tenía varios compas en Culiacán pero dos eran acá, los allegados, los machines. Uno, el Willy, que era de mi onda, nos iniciamos juntos y en ese tiempo era judicial; y el otro, el Fito, que era todo lo contrario, para empezar era tícher universitario y para terminar izquierdoso, un loco de esos a los que les encantaba andar en mítines, cargando pancartas y gritando pendejadas: Se ve, se siente, la Uas está presente. Yo tenía que ir a buscarlo, vivía en Villa Universidad, en un lugar que le decían Cuna de Lobos; en realidad no quería buscarlo a él, bueno, sí tenía ganas de saludarlo, pero a la que mataba por ver era a su ruca, una morra acá que tuvo que ver con mis huesos y que según ella se casó con el Fito para no alejarse de mí, y dicho sea de paso, lo que sea de cada quien, se mantuvo fiel a su promesa, y pues carnal, tú sabes, no sólo de pan vive el hombre. En noviembre antes de que me corrieran fue a México y me cayó, no pues, estuvo de pelos carnal, de pelos, pa qué te digo que no si sí. Marcelo, que es mi carnal más joven, me prestó su vocho y ahí te voy tendido como bandido. Crucé el río Tamazula, que es uno de los tres que se juntan en Culiacán, se veía acá, chilo, habían quitado todo el pinche cochinero que había en mis tiempos de desmadre, también limpiaron las riberas, cortaron los álamos viejos y sembraron nuevos. En mis tiempos mucha raza hizo de las suyas allí: desvalijaban carros, se negociaba con droga: mota, pastas, chiva, ácido, violaban morras, a más de dos les dejaron encargados fileros entre los matorrales. Esto lo hacen ahora en cualquier parte de la ciudad y en todas las ciudades, es más, lo hacen hasta en las pinches rancherías, ya no hay territorios especiales acá como antes, parece que todo se echa a perder en esta vida. La Cuna de Lobos está a un lado de Ciudad Universitaria, llegué a la casa y toqué, me abrió la Charis, ¿Qué onda cariño?, se quedó pasmada, Tú, lo dijo fuerte, con ganas, Simón, qué onda, Desgraciado méndigo no te vas a morir nunca, me estaba acordando de ti, ¿Bien o mal?, traía una bata de franela que le quedaba un poco corta, nos contemplamos machín, con una pinche alegría que no nos la andábamos acabando, ¿Y el Chupa?, se veía preciosa, sus labios carnal, acá, rosados, bien chilos, Eres adivino cabrón, el Chupa de chupafaros; esa era la clave, cuando mi compa se convertía en chupafaros, o sea cuando le andaba haciendo al loco, nosotros le poníamos Jorge al niño. El rollo estaba grueso, sus pezones endurecieron de volada sin tocarle un solo pelo, Yorch, qué bueno, eres de lo más oportuno, Órale pensé, y la besé machín, pues qué más, y ella que no era nada corta me tiró el agarrón ahí donde te conté, no me la andaba acabando y sobres, me bajó el cierre, se hizo a un lado el calzoncito y ñaca, a como te tiente, rápido y bien. Pinche morra, parecía que me estaba esperando; después se vistió de volada: yins, blusa roja, alpargatas, ¿Quieres comer

22

algo? Y nos pusimos a cotorrear, ¿Otra cerveza Yorch? El Fito se había ido a jugar futbol con su hijo a las canchas de la universidad, ¿qué buen padre, verdad? Les había ido muy bien, tenían buena casa, carro y cuenta en el banco, se iban de vacaciones a Mazachusets o a Guanatos, una vez yo les conseguí una semana en Huatulco con todo pagado; total, vivían como Dios manda. La novedad era que el Fito se sentía desalentado de la vida, que no entendía nada, no se explicaba qué había ocurrido: cayó el socialismo, el muro de Berlín, había guerras, racismo, hambre, enfermedades incurables, Fidel estaba valiendo madre, esos pedos, no comprendía cómo se estaba acomodando el mundo, y yo pensando, Que se suicide el güey. La Charis me contaba todo esto mientras se echaba un cigarrillo y preparaba la botana, yo tampoco entendía ni madres, ¿tú entendías algo carnal?, pero me importaba un comino, no era mi rollo, que a veces el Chupa ni comía por estar pensando qué onda, chale, qué clavado, ¿Por qué no lo incitas al suicidio y regresas a vivir conmigo? Que no, tú y yo nunca volveremos a vivir juntos, eres muy inestable y me provocarías demasiados conflictos. Dijo que antes había sufrido mucho por mis ausencias, Tú en el sexo muy bien, excelente, pero no sirves para compañero, que así estábamos machín, lo mismo me había dicho en noviembre en el Defe, además, que no me gustaban los niños, ¿Cuándo ibas tú a andar jugando futbol con el plebe como lo hace el Fito?, jamás, Pero los niños sí me gustan, Mientes con todos

Comida

tus dientes, Cómo no, en arroz frito con tocino, con abulón en salsa de ostión; no creas que me seguía el rollo cuando le salía con estas pendejadas, medio sonreía nada más, y más valía que no se soltara hablando porque me salía con cada onda, era psicóloga y tenía argumentos para tocho morocho. Fue por otras cervezas al refrigerador y sólo de ver su trasero me emocioné, Charis, neta mija, qué buena estás, ya le iba a proponer que nos echáramos el segundo cuando llegó el mariachi, chale, qué mala onda, ese era el riesgo de tener cuerpo compartido, como decía un amigo mío, Yorch, qué sorpresa, ¿Qué onda loco?, sinceramente se alegró el bato al verme y la neta yo también, después de todo éramos hermanos de leche, como dicen, ¿Qué onda mi Fito, haciéndole al Hugo Sánchez?, Haciéndole al desarrapado, diría yo, ¿Cuándo llegaste?, Pasó navidad aquí, dijo la Charis en lo que atendía al niño, Imagino que tu mamá está encantada, ¿desde cuándo no venías?, Ya tenía rato.

Comida

Estábamos botaneando camarón seco, mojado en jugo de limón con salsa guacamaya y chilito piquín, y empezamos a hablar de la selección nacional de futbol, al Fito le gustaba mucho ese deporte. Ahora sí, con Hugo Sánchez y Luis García creo que podremos tener un buen ataque, chance y lleguemos a octavos de final, ¿tú cómo la ves?, Pues para el ruido que hacen chance y lleguemos a la final, ¿no?, Eso quisiéramos todos; luego salió lo de los candidatos a la presidencia, Oye Yorch, qué pinches están las campañas, ya ni el PRI con todo el aparato y los recursos

políticas

que tiene, parece cosa de tontos, no lo puedes creer; también se acordó de los viejos tiempos, ¿Has visto al Willy?, el otro día lo divisé en un picapón de llantas anchas, No he podido, y la Charis agregó, Y ni ganas tiene, que no ves que es Edipo, ve a la mamá y no sólo no quiere salir de sus faldas sino que es incapaz de dar un paso para visitar a los amigos, chale carnal, me estaba dando carrilla la morra, Milagro que vino, y yo con ganas de decirle, No te hagas la güey mamacita, bien que sabes a qué vine; además a ella el Willy nunca le había caído bien. A la tercera cerveza el Chupafaros se puso serio, se quejó de lo que estaba pasando en el mundo, que no era cuestión de que el modelo capitalista se hubiera impuesto al fin de cuentas, que era algo más profundo, algo que tenía que ver más con la individualidad de las personas que con los programas políticos y de gobierno. Me parece que la gente tuvo y tiene miedo de ser, dijo el bato, y yo siguiéndole el rollo respetuosamente, chale, con ganas de decirle, Oye loco, ¿por qué no llevas al niño a los raspados?, pero nel, había que dejarlo seguir con su salivero y así lo hice, pues sí ni modo que qué; dijo que siempre había soñado con formas de vida socialistas, sobre todo con las de Europa del Este: Checoslovaquia, Rumania, Albania, donde había educación, trabajo y bienestar para todos. Alemania del Este era un gran país, dijo, pero todo se ha derrumbado estrepitosamente, toda una forma de ser, de producción, de concepción del mundo se ha ido a la mierda, ese es el verdadero significado de la caída del muro de Berlín y no otro. Yo lo escuchaba carnal, ¿pero quieres saber si le entendía algo?, ni madres, quizá dos o tres rollos por ahí desbalagados pero nomás, La propia dialéctica me ha conducido a la desesperanza, continuó el bato, a veces no sé qué pensar, he perdido la brújula, no ubico el sentido de las fuerzas sociales que interaccionan en la actualidad, o a lo mejor no interaccionan, permanecen estáticas..., y yo pensando, Cállate huevón, que lo más doloroso para él era que al final la razón la tendríamos los cabrones como yo, los que siempre vivíamos al día o por mejor decir, a la noche y a lo que viniera, disfrutando igual las buenas, las malas y las peores, los que siempre pensábamos que México estaba bien, que era un gran país y que estábamos conformes con todo, los baquetones que nunca movíamos un dedo mientras ellos se partían la madre estudiando, volanteando, discutiendo, andando en chinga para arriba y para abajo, Quién les manda ser tan pendejos, pensaba yo, Esos apóstoles de la hueva, agregó el bato mojando un camarón en el chilito piquín, De plano ya no sé qué pensar, continuó, Me parece que el intento que fue la guerrilla en México fue un fracaso brutal, tiempo perdido vilmente, romanticismo de baja estofa, totalmente embalado. Con cierta amargura recordó que ni siquiera los líderes más señalados habían sido consecuentes, que al final la mayoría estaban afiliados al PRI o al PRD, donde se la pasaban cachetona y vivían como Dios manda; esto fue lo único que entendí machín, pues sí

26

ni modo que qué, hay que ser puercos pero no trompudos. Entretanto, la Charis seguía por ahí atendiendo al morro, que se había raspado una rodilla, ¿Y tú sigues de jefe de intendentes en Palacio Nacional?, preguntó, pues alguna vez le había dicho que ese era mi jale, Me transfirieron a Los Pinos, dije, ¿En el mismo puesto?, El mismo, Oye Yorch, ¿qué hay de la campaña de Barrientos, por qué anda tan descolorida, tan baja?, ¿tú que trabajas ahí qué has oído, qué está pasando? Yo no sabía ni madres y traté de dárselo a entender, Andan hechos bolas, Eso fue lo que dijo el presidente, ¿pero qué habrá entre ellos?, No pues, apenas ellos, pues sí ni modo que qué, ni que uno fuera adivino, pensaba yo, luego siguió hablando de él, que la verdad se había enfadado de hacerle al loco y que al fin había agarrado la onda, que continuaba juntándose con sus amigos universitarios pero con la novedad de que ahora formaba parte de los chilos, asesoraba a tres políticos: uno del PRI, otro del PAN y al rector de la universidad. Les preparaba discursos, les aconsejaba golpear aquí, acariciar acá, desayunar en tal lado o dar chayote a aquél, y ya no le iba tan mal, había comprado el carro y estaba pagando la casa, ¿Para qué sirve el dinero si no es para comprar? El bato se la cotorreaba sin pensar en el salivero que acababa de tirar, No pues sí, y yo con ganas de decirle, ¿Sabes qué carnal?, lo único bueno que tienes es tu vieja, la neta la extraño un chingo, ¿por qué no se regresan a vivir a México?, cuando menos a ella no le va a faltar; pero nel, me callé el hocico y me mantuve sonriendo como un idiota mientras la Charis, mamacita, entraba y salía, nos acercaba cerveza, botanas y me preguntaba si estaría muchos días en Culiacán. Mientras decía que no, yo pensaba, Los suficientes para hacerte completamente feliz mija, a poco no. La guerrilla mi Yorch, continuó el Chupafaros, valió madre, llevaba como ocho botes, Me atrevo a vaticinar que en México jamás habrá guerrilla de nuevo, no es solución, cierto, pero es un indicador muy poderoso y confiable de la inconformidad de la gente, de las tendencias de las fuerzas sociales, se acabaron los Genaros, Yorch, y los Lucios y los Gámiz y los López, el Ché murió en el 66, todo se acabó, no servimos para eso, nos falta vocación para soñar y pelear, somos un pueblo que se conforma con espejitos, dijo, y se quedó callado luego de dar un largo trago.

Chale, era día de los Inocentes.

3

La noche que me reuní con el Veintiuno llegué a mi casa pensando en los quinientos, en los puros quinientos, hice mis cuentas y todo, no quería pensar en otra cosa porque primero deseaba disfrutar machín lo que me iba a embuchacar, casi ni le iba a ir bien al bato, ¿eh? Billetes como arroz, simón, y entonces ¿para qué clavarme en lo que tenía que enfrentar? Un bato acá, blindado de cabrones, ya parece que los miro, él sonriendo machín mientras los de Seguridad con sus caras de culo de pollo detienen a la raza que se acerca para darle cartas, hacerle peticiones o simplemente para estrecharle la baisa, chale. ¿Sabes qué, carnal? Nunca fui kamikaze, ¿qué provecho tenía hacer un jale bien pagado y bien planeado y quedar ahí nomás con el culo parriba? Nel ni madres, ya sabes tú como andan estos batos, traen una mancha de agentes encubiertos que no se la andan acabando, puro bato acá, zorro, felón, y todo mundo armado hasta los dientes, dispuesto a partirle la madre al que se atraviese; por eso te decía, antes de clavarme en esos rollos quería pensar en la quinina, acariciarla machín en mi mente y verme sin mayor bronca wachando la tele: mis películas, el box, el futbol, el noticiero de Abraham Malinovski, que era mi favorito, viajando pacá y pallá, también practicando tiro al blanco en mi propio estand y ¿por qué no?, esperando algún encargo especial, o sea: viviendo como Dios manda, ¿no es lo que busca todo el mundo?, pues yo no era la excepción. Que el objetivo me caía bien, ni modo carnal, gajes del oficio; que se enojaron con él por sepa la madre qué, pues era su bronca, a poco no; que el presidente quería las cosas calmadas, a mí que me esculquen, pues sí ni modo que qué, además yo nunca he entendido a los políticos, se enojan y se contentan con la mayor facilidad; que el bato era de la cultura del esfuerzo, yo también, qué madre, a poco no; así que no había purrún, yo me lo echaba. El jale estaba dentro de mis posibilidades, la bronca era cómo salir vivo del mierdero que se iba a generar, como diría la Charis, y eso era en lo que no me quería clavar todavía, quería disfrutar la ilusión de los quinientos, era un pinche dineral carnal, eran quinientos mil dólares, un madral, y al otro día habría que ir a las seis al parque Hundido a recoger la mitad. ¿Cuánto le ofrecerían al pinche Veintiuno, que ni chistó cuando se los pedí? Creí que se iba a poner charrascaloso pero nel, apechugó el bato. Quinientos grandes, como dicen en las películas gringas, medio melón, como decimos nosotros. Tal vez iba a necesitar un acople, como el jale iba a ser en Culiacán de volada pensé en el Willy, pero sin estar muy convencido, no porque el bato no la hiciera sino porque me

30

gustaba trabajar en solitario, además de que lo había visto varias veces en enero y francamente me pareció que había perdido piso, chale, andaba muy locochón, pero bueno, era mi hombre de confianza y si iba a involucrar a alguien sería a él. Me acordé de la Charis, ¿cómo estaría, seguiría igual de esbelta y con sus ojos brillantes? La Charis era de las que no roba- ba nada carnal, y el pinche Chupafaros, deja que te cuente, se puso tan feliz con la aparición de la guerri- lla en Chiapas y el subcomandante Lucas que no se la andaba acabando, hasta de sus crisis se olvidó, nomás se la pasaba hablando de Lucas, que el subcoman- dante Lucas pacá y pallá, que los tojolabales, los tzotziles y los tzeltales, que los chamulas y los tara- humaras y quién sabe qué más; chale, puras tribus selváticas, y es que a mí la selva no me gusta, apenas en las películas de Tarzán o en los cuentos de Cha- noc, no sé si te acuerdes: aventuras de mar y selva. Total, ahí estaba yo con mis alucines hasta que me dormí pensando que era un profesional, un profesio- nal acá, seguro, discreto y caro, chilo, como perso- naje de Charles Bronson. Si soñé no me acuerdo, lo que sí tengo en mente es que por la mañana desperté pensando en los billetes, con ganas de que todo salie- ra de poca, no me fuera a pasar lo que al bato de la película *El día del Chacal*, que falló gachamente en el último momento, chale. El bato disparó machín, el arma era la adecuada, un rifle con mira telescópica, silenciador, distancia, posición correcta, todo, y el bato falló, ¿la viste? El güey había viajado desde

Inglaterra a Francia para matar al presidente y falló, lo que pasó fue que el objetivo se agachó en el instante preciso en que la bala pasó sin rozarle un solo pelo. Chale, eso se llama mala suerte. Me levanté, fui por un vaso de coca y galletas pancrema mientras llegaba la hora de la soleta, prendí la tele y ahí estoy con el control pase y pase canales, tendido como bandido, ¿a poco tú nunca te alocaste con el control, carnal? Neta, ¿qué le pasa a uno? Como si el brazo no fuera tuyo, no te la andas acabando, pareces loquito, no haces otra cosa que cambiarle, cambiarle y cambiarle a los canales, chale. Me hubieras visto la noche que llegué de hablar con el Veintiuno, parecía que me había quedado arriba de tanto que le cambiaba sin poner atención a la pantalla, pero qué atención iba a poner con lo que traía en mente, mejor la apagué, pues sí ni modo que qué, y es que estaba clavado en la Biblia, chale, ni jaria sentí. Pero la volví a prender, estaba muy inquieto, cansado pero inquieto. Por fin la dejé en un noticiero, y dijeron que en Guerrero se habían descabechado a unos batos del PRD. No sé si tú seas de Guerrero carnal, pero esos guerrerenses qué sanguinarios son, neta, se matan a machetazos y se dejan como para carnitas, chale, además es una raza con tan mala suerte que cuando no se matan entre ellos por lo que sea, los matan por comunistas, y cuando no ha pasado cualquiera de esas dos cosas llega un ciclón gandalla y acaba con todo o va un camión Flecha Roja repleto de guerrerenses y se estrella contra un cerro o se va a un barranco, a poco no.

Luego me parece que salió Machado hablando de Chiapas, ¿te acuerdas de Samuel Machado? Todavía sale en los periódicos, era el comisionado para la paz en Chiapas y respondía preguntas sobre los arreglos entre el gobierno y la guerrilla, esos que casi ni se animaron a echarle a perder el último año de gobierno a mi presi; que iban por buen camino, que las demandas de los indígenas iban a ser atendidas con oportunidad, que la voluntad política del presidente no sé qué, y dejé de prestarle atención al bato para wachar a uno de los compas que traía de guardaespaldas, un güey que se empeñaba en aparecer en la tele como el guarura más guapo del mundo, chale con el bato, qué patada estaba agarrando; ahí me acordé del jefe H porque el compa de la tele era uno de mis excompañeros que sí habían encontrado acomodo. ¿Qué onda con mi jefe, pues? No me recibía, no me llamaba y su secretaria siempre me decía lo mismo: Ahorita no lo puede recibir, señor Macías, está muy ocupado, vuelva mañana. Chale, qué mala onda, como si hubiera sido de los maletas, de los batos que les ordenaban una cosa y hacían otra, ¿y sabes qué, carnal? Jamás lo metí en una bronca o en algo de que luego tuviera que arrepentirse, nel ni madres, conmigo le fue machín, por eso no me la andaba acabando, porque yo sabía hacer mi jale, cuando había que chingar chingaba y cuando había que pasar desapercibido era el mejor; ya sé que está mal que yo lo diga, que elogio en boca propia es vituperio, como decía mi amá, pero es la neta carnal, lo que sea de cada quien. Ese bato que vi en la telera por ejemplo, era un bato sin experiencia, batos que piensan que porque están calotes y saben poner cara de hipopótamo ya van a parar los madrazos. Pues ni madres, están en un error, para cuidar bien a una persona hay que saber muchas cosas: vigilar, desplazarse, atacar en el momento oportuno, aislar al sospechoso, y otros procedimientos más complicados si se trata de esos políticos que acostumbran saludar a la gente como si anduvieran en campaña; y el de la tele era un cabrón destripador que lo único que sabía era hacer bola y romper hocicos, y estaba bien clavado en la Biblia wachando la cámara, haciéndose el carita.

Pero no nomás él la había hecho, otros compas también la habían armado. En las vueltas que eché a la oficina del jefe encontré a dos que tres camaradas que ya estaban jalando, después del primero de enero los llamaron, ya estábamos a 15 de marzo y yo seguía esperando mi oportunidad, pues sí carnal, ni modo que qué; por eso qué buen detalle del Veintiuno acordarse de mí, y darme la posibilidad de ganarme ahí nomás cualquier peso para no morir de hambre. A esas horas ya estaba bien enrolado en el jale, ya sabes carnal, gavilán que agarra y suelta no es gavilán, yo esa feria me la ganaba porque me la ganaba, ¿sabes cuándo iba a ganar eso trabajando para el jefe H? Nunca, ahí era otro rollo, te pagaban una bicoca pero tenías poder, podías madrear, embotellar, torturar y ni quien te dijera nada, nadie se metía con tus huesos; eras una mierda si tú querías, pero se te respetaba, cuidadito que alguien se quisiera pasar de chilo con cualquiera de los tragaldabas porque no se la andaba acabando. Era un grupo de aquéllos, carnal, acá, chilo, no teníamos nombre porque al jefe H no le agradaban esas ondas, pero siempre andabamos movidos cuidando al presi o a altos funcionarios que salían de gira. Eso era lo que me gustaba, y eso era lo que extrañaba: andar en el ajo, en el poder, esos rollos; por eso busqué al jefe H en su oficina, por eso me hice piedra esperando que llamara, por eso me fui de Culichi pal Defe tendido como bandido y nada carnal; no me la andaba acabando, se interesaron por otros güeyes y a mí me dejaban comer mierda, chale, estaba bien encabronado, ¿y sabes qué seguía en el noticiero? Una gira del señor presidente, donde seguro aparecería rodeado por una mancha de jodidos que no deseaba ver, así que mejor busqué una película y me aticé un gallo pa bajar la temperatura. No batallaba yo en ese tiempo para conseguir mis alivianes, ahora tampoco, sólo que fumo menos, ahí te va pa que apeste, como dicen en mi tierra. Luego me fui a desayunar a El Famoso y a comprar *La Prensa*, para ver qué decía de los candidatos. Hasta ese día no les había puesto cuidado, ni siquiera cuando el señor Malinovski hablaba de ellos. Donde quiera se oía que las campañas estaban bien ñengas, como decía el Chupafaros, pero yo hasta ese día agarré la onda, la verdad me importaba un bledo, uno no puede estar en todo, pues sí, que se rasquen con sus uñas, pensaba yo, quieren ser el mero machín, órale cabrones, chínguense pa que sepan lo que es canela. En el periódico venían varios rollos: que ningún candidato le había llegado a la raza, ¿y pa qué quieren llegarle?, pensaba yo, de todas maneras va a ganar el que va a ganar y les apuesto lo que quieran, al cabos no iba a tener billetes el bato, ¿verdad? Claro, en ese momento yo cavilaba en lo que ya sabes, el tema venía a mi mente y se iba, venía y se iba como las olas del mar, simón, me iba a chingar al bato pero iba a sobrevivirle el partido más poderoso de México, seguro así pensaba el que iba a pagar, a poco no. En eso estaba cuando me interrumpió Lupita, Buenos días, ¿lo de siempre? Carnal, quien no ha tenido una mesera de su parte no sabe lo que es comer rico en un restorán. Lupita se veía muy bien y se lo hice saber, ya ves cómo les gusta eso a las viejas, Buenos días, estás guapísima, Gracias por la flor, mañana vuelvo por la maceta, Mija, ¿por qué no viniste ayer?, Sí vine pero mi niña se enfermó y me tuve que ir, Entonces como a las santas, es el sufrimiento lo que te embellece; además Lupita la rolaba conmigo cada vez que podíamos, Sáquese, qué sufrimiento ni que la chistosa, ayer fui a buscarte como a las siete y no estabas, Qué lástima, tuve que hacer, Pues tú te lo perdiste; esta Lupita era muy aventada, Espero que no me la haya perdido para siempre porque cada día estás más buena mamacita, siempre le decía lo mismo y siempre me respondía igual, Ya veremos, ya veremos, y entonces mejor le pedía mi desayuno, Muy bien muñequita, ahora tráeme lo de siempre, luego sonreía machín, me tiraba un beso con el dedo y se iba moviendo su trasero en una forma muy especial, como que hacía círculos con las nalgas, y yo prendido carnal, con ganas de brincarle ahí mismo, chale, luego me traía mi coca, mi café con pan y mis huevos a la mexicana con frijolitos, ¿qué mal se alimentaba el bato, no? Mientras soleteaba me leí una entrevista con Cardona, el candidato del PRD a la presidencia y uno de los pesados, carnal, qué bato más creído, un salivero que no se la andaba acabando, estaba echando pestes por los perredistas muertos en Guerrero y pedía democracia, justicia social y una patria para todos; ¿Qué es eso?, pensaba yo, ¿con qué se come?, pa qué le haces al loco criatura, si tú también fuiste del sistema y así es el colón que te cuelga, chale; y luego el Max, carnal, chale, pinche Max, qué tumbado del burro estaba, tú te has de acordar, que la inflación, la corrupción, la liberación, chale, otro que hablaba porque tenía con qué, a poco no. Para mí no eran más que un pinche par de hocicones que no sabían ni qué ondas, no es lo mismo estar en el ruedo que ver los toros desde la barrera, pues sí ni modo que qué, ahí tenían a mi presi que aguantaba el desmadre de Chiapas y las locochonadas del subcomandante Lucas. Ya en mi cantón le eché un ojo a la deportiva, que ahora sí los seleccionados de futbol iban a practicar los penaltis y que la oportunidad de pasar a la siguiente ronda en el mundial de Estados Unidos estaba cincho, órale ahí, pensé yo, ya la hicimos, además ya tenemos el numerito del Ángel que nomás tienta pa que la raza haga de las suyas; también venía algo de Julio César Chávez, el mejor boxeador del mundo libra por libra, pero no lo leí porque me quedé jetón y en la madre, qué onda, desperté a las cinco treinta, tenía el tiempo justo para llegar al parque Hundido.

Eran las seis y cinco cuando llegué, justo a tiempo porque vi cómo el Veintiuno se bajaba de un carro piloteado por un excompañero al que le decíamos Harry el Sucio, un bato acá, felón, destripador; los waché mientras pagaba mi taxi. Dejé que el Veintiuno se sentara por ahí, cerca del reloj de las flores, entonces me presenté y me senté a su lado, ¿Qué tal Macías, todo bien?, Excelentemente bien, como dices tú, ¿Puesto para lo que viene?, preguntó, Más puesto que un calcetín, sonrió y dijo, Ahí tienes, al tiempo que señalaba un portafolios negro que estaba entre los dos y que yo ya tenía muy cerca de mi corazón, ¿Quieres revisarlo?, No hace falta; se sentía una onda suave, un vientecillo acá de primavera, el reloj de flores surtido y fragante, como en las películas, era la hora en que la gente paseaba o se sentaba por ahí a descansar y tomar a gusto su nieve de vainilla. El Veintiuno observaba todo, ya sabes, chilo, como sabueso, luego dijo, Macías, éste puede ser el trabajo de nuestras vidas, era lo que pensaba yo, Y por lo mismo, continuó, Me gustaría ayudarte a planear, no podemos permitirnos el más mínimo error. Chale, mi primera condición era cincuenta por ciento de anticipo y el resto un día antes del jale; la segunda, manos libres, o sea: cero intromisiones en la planeación o en la ejecución, el jale era mi bronca. Dos cabezas piensan más que una, agregó el Veintiuno y me miró muy acá, como que se las comía ardiendo, pero nel, eso no es cierto, cuando menos en esta profesión. En este rollo dos cabezas sirven para que te den en la madre más pronto, este negocio no tiene nada que ver con la democracia. Quiero estudiar contigo los tiempos, los movimientos, el desarrollo; sugerirte el momento preciso, la estrategia, alguna cuestión de logística, tal vez un ayudante o dos; Chale con esté bato, pensé, ¿qué estará pasando por su cabecita?, Esto es muy especial Macías, no podemos echarlo a perder, un error, por insignificante que sea, nos hundiría, echaría todo por la borda. La neta me estaba encabronando, sin embargo guardé la calma y le dije, Tengo mi estilo de trabajar y tú lo sabes muy bien, Lo conozco, y también sabía que me ibas a responder así, solamente qué, lo atajé de volada, Mira Veintiuno, nunca he fallado, ni a ti ni a nadie, si para este caso no te gusta mi estilo, no te conviene o no tienes confianza en mi manera de operar o lo que sea, ahí nos vidrios cocodrilo, puedes llevarte tu maletín ahora mismo, aún estamos a tiempo. Yo sabía que el bato no lo iba a hacer pero quería cabrearlo, incluso me paré, Por favor Macías, siéntate, no te exaltes, No si yo no estoy exaltado, Siéntate por favor, me senté, calló un momento y dijo, ¿Qué no entiendes que es algo muy especial, algo en lo que no podemos darnos el lujo de fallar?, Esta vez necesitas ayuda Macías, todos necesitamos ayuda al menos una vez en la vida, Yo no, lo atajé de nuevo, si no puedo trabajar a mi modo no hay por qué discutir, no se hace y ya, Caray Macías, no puedes ser tan cerrado, ¿no te das cuenta de lo que traemos entre manos?, Si lo voy a hacer será a mi manera y no hay de otra, pues sí ni modo que qué, pensé, si necesito un acople o algo es mi bronca; a mí me lo advirtió una vez un bato: Compa, me dijo, este pinche negocio es el más individualista de todos, es onda de uno y nomás, y ay de usted si anda arrastrando raza nomás porque son sus cuates o porque se los pusieron, los más buenos no sirven, y es neta carnal, al nivel en que yo camellaba era mejor en solitario. Está bien, dijo de pronto el Veintiuno, será como tú dispongas y que sea lo que Dios quiera, Será como debe ser, agregué, estaba bien enchilado, De acuerdo, pero por favor no te desconectes, comprende que tengo que saber en qué y dónde andas, cualquier cosa déjame recado con Elena Zaldívar, Así lo haré, mentí, se puso de pie con una sonrisa acá y movió la cabeza como diciendo: No tienes lucha cabrón. Lo vi dirigirse a Insurgentes, donde seguramente lo esperaba su chofer. Por no dejar abrí un poquito el portafolios, así nomás para que le entrara la luz, y verdeaba, carnal, estaba lleno de fajos de cincuenta y cien dólares, chilo, parecía laguna; también estaba un sobre manila. Bueno mi Yorch, me dije, usted dirá qué se hace, y órale, me arranqué al cantón a dejar los cueros de rana, pues sí ni modo que qué, no iba a andar con ellos por las cantinas. Era un profesional carnal, mejor que Charles Bronson. Me fui calmadito por entre la gente que corría, hacía aeróbics o agasajaba rico. Pensé, Qué onda, si el Veintiuno escondió una bomba entre los dólares qué chinga me paró, chale.

4

El primero de enero fue un desmadre: los chiapanecos hicieron su numerito y en vez de festejar el
año nuevo como Dios manda se levantaron en armas,
chale, qué ganas de ponerse sabrosos. Yo estaba en
Culichi y me tocó wacharlo por televisión mientras
me curaba la cruda con un aguachile de aquéllas: ca-
maroncitos crudos abiertos en jugo de limón con
chilito piquín; la neta me alarmé, ¿Qué onda, qué
pedo se embotellan?, porque pues esas cosas no pasan así como así según yo sabía, por eso me acordé
muy bien de lo que dijo el Jiménez cuando me dio
gas: Macías, pasa a mi oficina, y es que el Jiménez y
yo nunca nos tragamos, y ya dentro, Macías, la gente
está muy contenta con el señor presidente, tú mismo
lo has visto, donde quiera lo reciben con cariño, de
manera que el próximo año se va a dedicar a inau-
gurar obras y a despedirse de su pueblo, y como todo
va a estar muy bien vamos a prescindir de tus servicios, o sea, ya no te necesitamos, estás fuera, dado de
baja, dame las llaves del carro, el arma y tu credencial.
Ándese paseando, me sentí bien gacho, pero vi que él
la estaba gozando y me emputé, Qué onda güey, le

aventé las llaves, la Smith y Wesson 5904 calibre nueve milímetros y me salí, si quieres la credencial quítamela pendejo, pensé, pero no pasó de ahí, pues sí, el bato era puerco pero no trompudo.

Mi amá, pobre vieja carnal, estaba asustadísima, qué onda, aseguraba que había estallado la guerra, Que Dios nos ampare, y es que pasaron tomas de muertos, heridos, detenidos, soldados corriendo como en la guerra y un resto de raza armada con palos y viejos mosquetones de esos que servían nomás pa puras vergüenzas, chale; decían que unos guerrilleros habían tomado el palacio municipal de San Cristóbal de las Casas, un pueblito de aquéllos, no sé si lo conozcas, allí llevé a la Charis a que pasara un cumpleaños y platicara con los fantasmas; pues lo habían tomado y también Las Margaritas y Ocosingo y no me acuerdo qué otros lugares más. Según los de Telemundo, los batos la habían armado gacha y le estaban pegando en su madre a los sardos, y cómo no, si al cabrón que no agarraron dormido lo agarraron pedo, y es que era año nuevo carnal, a quién se le ocurre, era lógico, lo que menos pensaban los batos es que los fueran a atacar, pues sí ni modo que qué; igual el presidente municipal y el cabildo y los policías, imagínatelos haciendo la meme muy quitados de la pena mientras los otros cabrones acá en su rollo, rodeando el pueblo y apoderándose de los lugares estratégicos como debe ser, perfectamente, y bueno carnal, ¿tú qué dices? Para mí la onda estaba muy clara y no me digas que no, ese golpe fue muy bien planeado y lo hicieron para dañar la figura de mi presi, para echarle a perder el trabajo de cinco años y no me digas que no, se notaba machín que atrás había gente gruesa, mal intencionada, expertos en maniobras militares con preparación especial, a poco no, puros batos felones, ¿tú crees que iban a hacer tanto desmadre nomás porque sí? Nel ni madres, a otro perro con ese hueso, a leguas se veía que traían una onda pesada: echarle bronca a mi presi para que no le dieran quién sabe qué premio internacional, chale.

Mientras veía la telera me acordé del Chupafaros, con ganas de tenerlo cerca y decirle, qué onda pues mi Chupa, ¿no que no habría guerrilla en México, no que no? El que seguro no se la andaba acabando a esa hora era el jefe H, ha de haber estado como agua para chocolate, enmedio de ese broncón y con todo su grupo disuelto, chale, esos cabrones habían puesto todo patas parriba y fue en los Pinos donde tuvieron la culpa, carnal, neta, porque esa bronca de Chiapas hacía run run, run run, run run, y nadie se preocupó, por el contrario, con el cuento de que todo estaba machín y que el presi se iba a pasar el año parriba y pabajo inaugurando obras nos dieron gas defoliador a muchísimos. Y no solamente el Jiménez, todo mundo decía que el país estaba muy bien, acuérdate. A lo mejor creían que no se iban a animar los zapatistas, pero les sobraron huevos, lo que sea de cada quien, porque eso de enfrentarse con un palo o con una calibre veintidós a un G3 con lanzagranadas, está cabrón. Por eso me preguntaba ¿qué onda, qué pasó,

45

por qué lo dejaron brotar? Se habló de muchos beneficiados: guerrilleros, militares, comerciantes, pero sobre todo se mencionaron políticos, porque esos nunca pierden, carnal, se acomodan, siempre se están acomodando, chale; y los indios, pinches indios, siempre han sido muy locochones, y la neta casi ni cuentan, lo único bueno que tienen son los hongos y el peyote, a poco no, aunque a mí jamás me han interesado. Que se estaban muriendo de hambre o de lombrices, ni pedo carnal, ya les tocaba, que Dios los bendiga; que no tenían escuelas y se los chingaban gacho los finqueros, ni modo, era su destino; que les quitaron sus tierras, pues qué pendejos, que se pongan truchas, ya están grandecitos. A mí todo ese rollo de los indios ni me sonaba, como te digo, me valía madre, pero claro, no lo andaba divulgando y menos cuando todo mundo los defendía. Ese día estuvieron los de Telemundo informando durante mucho tiempo, sin embargo no quedé a gusto hasta que lo vi en Televisa; los gringos ya sabes, son muy exagerados, a todo le quieren sacar raja, chale, en cambio Malinovski de volada pone a todo mundo en su lugar, a poco no, en tres patadas los puso como camotes: ¿guerrilleros los chiapanecos?, qué guerrilleros iban a ser, eran unos pobres cabrones transgresores que le andaban haciendo al loco, unos delincuentes malandrines, cabrones encapuchados cuyas broncas no tenían cabida en un país chilo como el nuestro, un país con vocación de progreso y con instituciones bien establecidas. Cuando la gente lo escuchó dijo Órale, es la de ahí, y se calmó. Mientras los otros no se la andaban acabando él tranquilo, aquí no ha pasado nada, que siga la fiesta; ya con todo en orden dio entrada al joven Mosqueda, que se tiró un rollo sobre la selección nacional, eso sí estaba grueso carnal, ¿te acuerdas? Chale, la bronca era Campos, el portero, ¿saldría vestido normal o como piñata? Pensaba yo, pa qué tanto brinco estando el suelo tan parejo, déjenlo que se vista como le dé la gana, nomás que no deje pasar el balón, digo, ¿qué no se trataba de eso? Podía salir bichi el bato si quería, pero que no dejara pasar el balón, eso era lo importante. Los primeros días de enero parecía que no había otra cosa de que hablar que no fueran Chiapas y el subcomandante Lucas. Este Lucas era un bato acá, locochón, que resultó ser el cabecilla más prendido del movimiento, fumaba pipa y era medio burlesco, y de volada se hizo tan famoso como el Che Guevara o Arnold Schwarzenegger, un bato que hacía películas de calotes, debes haberlo visto por ahí en el periódico o en la tele. Pues igual salían Lucas y sus secuaces. Uno de esos días pasaron por la NBC varias entrevistas a un resto de batos encapuchados con pasamontañas y paliacates, les preguntaron que si qué onda, no pues, al modo, respondieron que eran puros batos felones, que se las comían ardiendo y que estaban dispuestos a morir luchando porque de todas maneras se morían de hambre y que el gobierno pallá y el gobierno pacá, chale, bien exagerados, ¿tú crees que se estaban muriendo de hambre? Si eran bien huevones, se la pasaban durmiendo o tragando aguardiente, ah porque eso sí, no hay cabrón que no sea pedo.

A veces me hartaba de tanto rollo y mejor apagaba la tele o le cambiaba, buscaba una película mientras llegaba la hora de ver a la Charis o de hacerle al loco un rato por la ciudad. En Culiacán hay pocas cosas que ver, es una ciudad aplastada que no se parece en nada a la ciudad de México, ah pero hay unas morritas que no te la andas acabando, y se visten, ay carnal, bien acá, enseñando el atractivo, tienes que verlas.

Ya me emocioné, déjame abrir esta coca carnal, ¿quieres una cerveza de una vez o hasta que te acabes el tequila? ¿Prefieres el gallo? Ahí te van las tres. Simón, en Culiacán también hay cantinas y burdeles y un chingo de carretas donde en el día puedes comer mariscos frescos y por la noche tacos de carne asada, con tortillas de harina o de maíz, vampiros o quesadillas. Con las que agarraba un chingo de cura era con mi amá y las vecinas que luego luego vaticinaron que empezarían los chingadazos en el cerro de la Chiva y en el del Elefante, uno está en el norte y otro en el sur de la ciudad. Que los mayos, los yaquis y los tarahumaras se iban a levantar en armas y ahora sí, sálvese quien pueda; Órale, pensaba yo, que le entren los cabrones, que se armen con sus lanzas sin punta como los chiapanecos y se enfrenten a los rockets de arriba y a los G3 de abajo, que le entren pa que sepan lo que es canela, los iban a dejar tan madreados que ni la danza del venado o los matachines iban a poder bailar en semana santa. Lo que también me sorprendió de los chiapanecos es que eran un chingo, carnal, neta, ¿de dónde saldría tanto pinche indígena? Chale, a lo mejor revivieron a los muertos, ya ves que dicen que entre ellos es una cosa normal, con la ventaja de que los muertos no comen, pues sí ni modo que qué.

En Culichi siempre me la pasé bien suave, menos la última vez, como te dije, ahí estaba pasando vacaciones cuando se vino la bronca de Chiapas. Al principio no me importaba si llamaba o no el jefe H, me sentía acá, ofendido, herido en mi orgullo; Okey, pensaba, nos querían fuera, pues órale, ya estamos, ahora arréglenselas como puedan, a ver si como roncan duermen; luego se fueron los días y me empecé a preocupar, ¿qué onda, por qué no llamará? Simón, estaba en Culichi pero el bato sabía como localizarme, ellos siempre saben carnal. Estuve clavado varios días en el cantón y nariz boleada, ni sus luces, y no es que me estuviera muriendo por ir a Chiapas o eso, no me gusta la pinche selva, ni los plátanos fritos, ni el caxcalate, ni los tamales con hoja de plátano; por cierto, apenas probaste los tamales, ¿qué onda, no te gustaron? Ah, simón, al rato los calentamos y les ponemos machín, en fin que no son chiapanecos, digo, por si a ti tampoco te gustan, los compré en San Juan. Eso de la llamada del jefe H, cómo explicarte, era otro rollo, como querer estar en tu lugar, ahí donde tú jalas y eres alguien y se te respeta, además éramos gente del presidente. Que el señor quería pasear, órale, pero primero que sus muchachos le limpien el camino de cabrones y ahí íbamos, tendidos como bandidos; que quería hacer de las suyas, igual, nada ni nadie que le estorbe. Toda la mancha de jodidos que sólo se aparecían cuando llegaba el presidente eran unos pinches lambiscones que nomás iban a ver qué agarraban, a poco no, ¿tú crees carnal, que en caso de peligro iban a meter las manos por el presi? Nel ni madres, no los conociera yo, y mucho menos con los alzados, que para mediados de mes no se la andaban acabando de chilos. Sólo Malinovski se los ponía parejos, se echaba unos rollos que daba gusto oír carnal: ¿Qué quieren los transgresores, qué desean, por qué quieren desestabilizar al país, qué oscuros intereses los mueven a realizar sus acciones, a quién le interesa que nazca y se desarrolle el caos en nuestro país, quiénes son estos terribles promotores? Yo volveré después de estos anuncios con la campaña del Licenciado Luis Eduardo Barrientos Ureta, candidato del Partido Revolucionario Institucional a la Presidencia de la República; así carnal, bien chilo. Después agarré la onda de irme todas las tardes con la Charis, a quien siempre encontraba sola, porque con la bronca chiapaneca el Chupafaros se había alborotado tanto que se juntaba en el Chics con sus amigotes para analizar el significado de los rifles de palo y de los pasamontañas de estambre, chale. Seguro esas tardes, mientras yo le daba a la Charis por detroit, ellos especulaban si el subcomandante Lucas era cura, norteño, doctor, jesuita, tícher de español, periodista, agente del millonario gringo Ross Poirot, hijo de Castellanos, amigo del exgobernador Patrocinio Balderas o un antiguo novio de Angélica María que no se la pudo dejar caimán; chale, qué patada agarraban los batos. Estoy seguro que jamás se pusieron de acuerdo, y no lo hicieron para estar más rato juntos, alegando machín. O sea que seguían en las mismas que cuando eran estudiantes y se la pasaban arreglando el mundo y participando en marchas de Se ve, se siente, la Uas está presente, chale; y a mí, carnal, ya te imaginarás, me valía madre todo, le podrías preguntar a la Charis si estuviera presente, ella no me dejaría mentir, pues sí carnal, ni modo que qué.

5

La Castellana era el bar donde nos reuníamos después del jale. Está cerca de Los Pinos y hasta allá fui a dar para celebrar el trato que había hecho con el Veintiuno. La fuerza de la costumbre es cabrona, carnal. Además allí todos los meseros me conocían, Qué onda mi Yorch, qué milagro, cómo se te ha ido, hasta me albureaban los cabrones, Pásale a lo barrido, y una vez instalado, ¿Lo de siempre? Ya sabes, que te ofrezcan lo de siempre es una señal acá, chingona, como si fueras de la casa, a poco no, Sírvale lo de siempre si no chupapá chenoja, dijo otro, chale, sacaban cada pendejada que no se la andaban acabando. Nel ni madres, no quiero lo de siempre, tráiganme güiski, Ándese paseando, hay que tratar bien al señor porque anda celebrando, ¿y se puede saber qué celebra el señor? Estos meseros eran bien cuates pero muy chismosos, chale, Me voy a casar, No me digas, dijo uno, ¿Vas a romper siquiera?, quiso saber el otro, Ni que fuera piñata, metió su cuchara el primero, Déjense de pendejadas y sírvanme, cabrones, o les pongo el dedo con el gachupín, Chile traigo patrón, de inmediato, ¿botella o copa?, Copa tu madre, trae

una botella y muévete, ¿Va a venir la virgencita?, Ella
es una mujer decente, no se interesa por estos con-
gales, me puse prendido siguiéndo ese rollo y ellos
agarraron cura machín. Estaba sentado al fondo del
bar, frente a un televisor donde pasaban futbol europeo y brindé conmigo mismo, con mi alma se puede
decir, brindé porque todo saliera de poca, porque el
dinero no estuviera salado, porque todo resultara
como si estuviera hecho con la mano de Dios, por la
Charis, por el Veintiuno que se había acordado de
mis huesos; brindé por los güeyes de las otras mesas,
con ganas de pagarles un trago a tochos morochos, ¿y
porqué no?, simón, era la de ahí, órale cabrones, vamos a brindar, brinden conmigo a la salud del que
va a morir, y también a la del que va a pagar, yo invito carnales, yo invito, meseros: sírvanle a todos,
choquen sus vasos, salud, salud, salud, que ellos sepan que los queremos mucho y que los recordaremos
con cariño, digan salud cabrones, que se oiga, que les
llenen los vasos de nuevo, éste es el güiski de la vida,
el güiski de la eterna juventud, el güiski del desmadre
universal y la mala onda es que en esta cantina no
haya una rockola si no, ahorita mismo pondríamos a
los Tigres del Norte, «Salieron de San Isidro, proce-
dentes de Tijuana», a los Credence, «Cuando apenas
era un jovencito, mi mami me decía...»; salud y que
les sirvan de nuevo, es más, que pongan una botella
en cada mesa para no estar batallando, ustedes son
mis amigos, son mi familia, son los chilos de la película, simón carnales, ustedes son acá, los batos felo-

54

nes, los que me apoyan, los que están conmigo en las buenas y en las malas, salud cabrones, salud. Chale carnal, estaba en este pinche alucine cuando llegaron tres batos que se me pusieron enfrente, órale, qué onda, en chinga me llevé la mano a mi Beretta, una pistola que era mi encanto, luego te cuento, ¿Qué onda carnales?, les grité a aquellos batos, ¿Qué no ven que estoy viendo la tele? En realidad no estaba viendo nada, era un juego muy aburrido el que estaban pasando, ¿Qué pasó Macías, qué es eso?, Esa no es forma de recibir a los amigos, respondieron, Eh, ¿qué onda?, eran tres colegas, Ya nos dijeron que estás festejando tu próximo enlace matrimonial, Ah, simón simón, ¿Nos podemos sentar?, preguntó alguien, Simón, acompáñenme, el que había hablado primero era el Cifuentes, un bato chilo, lo que sea de cada quien, de mi raza, los otros eran Martínez y Bonifaz, batos con los que nunca me había llevado pero que eran buena onda, cuando menos no les gustaba la coca hervida. Qué bueno que te vas a casar, dijo Cifuentes, Hay un momento en que uno debe hacerlo, Si no la gente empieza a hablar, dijo Bonifaz, No sabe en la que se va a meter, agregó Martínez, Por eso celebra, Ya lo sabrá, terció Cifuentes en buena onda, Lo cierto es que uno en este país celebra lo que puede: el cumpleaños, el día de las madres, el 12 de diciembre, y ahora tú celebras tu compromiso, Simón, sírvanse que quiero decir salud. La verdad es que a esa hora ya estaba bien erizo, llevaba más de media botella, pero tenía ganas de seguir tomando y qué mejor que con estos colegas que eran puros tragaldabas, chilos, acá, pues sí ni modo que qué; levantamos los vasos y mientras ellos decían que por mí, por ella, por nuestra felicidad, yo pensaba por él, por el candidato y claro, también por mí, mil veces por mí, salud, salucita de la buena, y así nos seguimos, estuvimos hablando un buen rato de la selección nacional, ya sabes, tema obligado, hasta hicimos varias alineaciones, después hablamos de las giras del presidente, de las armas que estaban llegando para el ejército, de Chiapas, ¿Qué onda con Chiapas?, pregunté, No pues, todo bajo control, dijo Cifuentes, Acabo de llegar de allá y no hay nada que hacer, está listo para que los políticos le hagan al loco, ¿Siquiera se le acabó el corrido a Lucas?, quise saber, Quizá, eso lo decide el presidente; luego cotorreamos sobre la pipa de Lucas y la mota chiapaneca hasta que hubo un momento en que yo ya no podía, chale carnal, estaba hasta la madre y se los dije a los batos, ¿Saben qué carnales?, esto es lo mejor que me ha pasado en muchos años y quiero decir salud otra vez, varias veces, y ellos repetían: Por tu felicidad carnal, Porque Dios te dé muchos hijos, y el Cifuentes, Macías, qué bueno que vas a sentar cabeza, te felicito, y los pinches meseros que siempre estaban cerca, Sí, que sienta cabeza, que sienta cabeza, y yo siguiéndoles el rollo, Así es muchachos, ya estuvo, lo tengo que hacer, de eso depende mi porvenir, y quisieron saber si también significaba dinero y yo les dije que pues claro, al cabos ni billetes iba a ganar el bato, ¿verdad?; total, estábamos como en las películas esas donde todos se equivocan, pero yo ya no podía y les decía que ya me quería ir, y como que no me entendían, y cuando al fin se dieron color, ¿Cómo que te quieres ir?, ¿Cómo?, Para eso me gustabas, Si ni hipo tienes carnal, Simón, me voy a ir, y el Cifuentes, ¿Cómo que te vas a ir, Yorch, si apenas estamos comenzando, además hacía como tres meses que no platicábamos, Desde que nos dieron gas, dijo Bonifaz, Simón, Compadre, no me recuerdes ese día, completó Martínez, Ese pinche día, y el Cifuentes que siempre fue muy centrado, Esperen carnales, esperen, no nos perdamos en lamentaciones, Yorch, qué onda, ¿no estás a gusto o qué?, porque si no estás a gusto podemos ir a otra cantina, aunque no sé cuál pueda ser mejor, en cuál te tengan más consentido, y era la neta carnal, nos atendían a cuerpo de rey, apenas movías una pestaña y ahí estaban los meseros arrimando botana, trayendo hielo, limpiando, sirviendo, una chulada, Una donde haya viejas, dijo Martínez, Para que le den su despedida, Nel, dije yo, Ahorita no la hago carnal, no se me para, quiero ir a mi cantón, a menos que traigan un aliviane, ¿Eso es?, preguntó el Cifuentes de volada, Haberlo dicho antes, qué falta de confianza, para eso no necesitas ir a tu casa, para eso estamos aquí tus amigos, ¿sí o no?, Simón, simón, dijeron los otros, Órale, dije yo, Esa voz me agrada. Fuimos al baño y mientras nos metíamos un pericazo de aquéllos Cifuentes quiso saber qué onda con mis huesos, Macías, ¿qué onda, cuándo regresas?, de veras te extrañamos, nadie es tan dispuesto para el trabajo como tú, y además, nadie, oíste, nadie tiene tu puntería, y tú sabes a qué me refiero, porque yo tenía fama de buen tirador, Gracias bato, Eres una garantía, Yorch, de veras, ¿cuándo regresas?, No sé, he echado mil vueltas y el jefe ni siquiera ha querido recibirme, Es un lunático, no le hagas caso, ha incorporado un chingo de raza que no tienen ni tu calidad ni tu experiencia, mucho menos tu puntería, donde pones el ojo pones la bala, Ya me di cuenta, Le hemos preguntado a Jiménez que si qué onda contigo pero dice que no sabe, A ese güey nunca le caí bien, te diré que no dice ni pío, toda la bronca es del jefe, Pues sí y con él es difícil hablar, es muy reservado, misterioso, y le gusta mantener las distancias, ¿es colombiana, verdad carnal? Le estábamos poniendo machín a un polvo de aquéllos, Simón, ayer le decomisamos en el aeropuerto treinta kilos a una chava que venía de Medellín, Órale, Dios bendiga a los colombianos, ¿la cortaste?, Dos veces, Hiciste bien carnal, A mí la pura me pone bien loco. Siempre me acuerdo de la primera vez que le puse a la pura, chale, no me la andaba acabando, casi me quedo arriba, fue en los años en que me la cotorreaba con el Willy. El perico que nos metimos el Cifuentes y yo esa vez estaba de pelos, un poco granulado, bien mezclado, como que lo había cortado un experto, Está criminal, le dije, No cabe duda de que ustedes están en el paraíso, Pues apúrate a volver, tú también eres ángel de este paraíso. Y así seguimos cotorreando mientras subía las cortinas machín. Nun-

58

ca me he explicado qué pasa, cómo pasa, el caso es que con el pericazo se baja el pedo, te sientes despejado.

Ya con otro semblante y con ganas de seguirle hasta que muriera China volvimos a la mesa y ¿qué crees?, nuestros lugares estaban ocupados. Mira nomás, ¿ya viste quiénes están en nuestra mesa?, dijo Cifuentes, eran el guarura más guapo del mundo y una morra que se llamaba Brenda Picos, que había sido mujer de toda la corporación y que antes del guapo la había rolado nada más ni nada menos que con mi compa Cifuentes, Tu sucesor y la reina, dije, y rápidamente le conté que lo había visto en la telera haciéndole al galán, Es un cabrón presumido y te lo advierto, dijo el bato, Si se pone sabroso le voy a romper la madre, y no es por la vieja, te lo aclaro, me cae gordo el hijo de la chingada, Órale carnal, ahí yo recojo los pedazos, Ya vas. En cuanto llegamos el ambiente se tensó, Bonifaz y Martínez me hicieron dos que tres señas acá de que había que agarrar cura, Cifuentes saludó a Brenda como en las películas, ¿Qué tal cariño? Ella, que era una coqueta de primera, le sonrió acá, machín, cosa que al guapo no le gustó ni madres, miró colérico a Cifuentes, que también lo estaba wachando, qué onda, así se quedaron clavos mientras nos instalábamos en unas sillas que arrimaron los meseros, apenas nos habíamos sentado cuando, ¿Sabes qué?, dijo el guapo, No me gustó cómo la saludaste, el Cifuentes que deseaba camorra de volada le contestó, ¿Y qué? A ella le gustó, que es lo que cuenta, ¿qué no la viste?, Pero a mí no y ella viene conmigo, dijo el bato pegando un puñetazo en la mesa, y Brenda se empezó a preocupar, Por favor, no hagan un numerito, Cifuentes, Raúl, compórtense por favor, y Raúl, que así se llamaba el guapo, como si le hubieran dado cuerda, Ella viene conmigo y exijo respeto, ¿Pero quién la está ofendiendo?, Yo, sería incapaz, A ella no pero a mi sí, se engalló el bato, ¿A ti?, dijo el Cifuentes con toda saña, A ti ni quien te pele güey, yo ni te he visto, y el bato se puso como agua para chocolate, Por favor Raúl, decía ella, y él clavado en la Biblia, No te quieras pasar de listo conmigo, Cifuentes, Yo no me ocupo de pendejos por si no lo sabías; los demás estábamos en nuestras meras moles, agarrando cura, y por ningún motivo íbamos a permitir que la bronca se suspendiera, aunque con el Cifuentes ahí era seguro que se armaba, porque era de lo más broncudo. Los que se habían puesto nerviosos eran los meseros, como ya te dije, sabían todas las historias y ahí nomás se andaban atravesando para evitar la bronca, hasta el gachupín que era el dueño se acercó, Zeñorez, dijo, ¿les falta algo, eztán bien atendidos? Con ganas de decirle, Simón, que te largues pa Gachupia, pero nadie lo peló, y Brenda, a quien los meseros llamaban Brenda Siéntate, trató de cortar por lo sano, Raúl, por favor, vámonos a otra mesa, a aquélla, y se paró, Ay mija qué andas haciendo, chale carnal, la hubieras visto, traía una minifalda roja de esas de pa qué te cuento, unos troncones que no se la andaba acabando, y neta que el carita la iba a seguir cuando el Cifuentes

60

saliveó: Estás preciosa Brenda, lástima. Ya iba sobre el guapo cuando ella lo detuvo machín, Por favor Raúl, no, pero mi compa Cifuentes estaba embalado, Lástima que te falte macho, ¿no me extrañas? Ahí Brenda no pudo contener más a Raúl, que ya estaba encima de Cifuentes echándole chingazos, y nosotros en nuestras meras moles, en chinga nos paramos porque aquéllos le dieron en su madre a la mesa y a las sillas y a las botellas y los meseros ansiosos por separarlos pero los paramos en seco, Déjenlos que se quiten las ganas, pues sí ni modo que qué, ni modo que llamaran a la policía, y ahí andan los batos madreándose gacho, rodando por el piso como en las películas de Pedro Infante y Jorge Negrete, igual que en *La Guerra de las galaxias*, ¿la viste carnal? ¿Te acuerdas de aquella escena donde están humanos y mutantes pistiando en un bar y se arma una gresca de aquéllas, una escena donde salen Harrison Ford y su amigo, te acuerdas cómo se llama, un cabrón que tiene cara de perro, o era de león?, chale, no me acuerdo, total era una onda muy parecida. Mientras los batos peleaban Brenda se retiró y se me antojó nomás de verle el trasero, pues sí ni modo que qué, yo nunca me la había dejado caimán y a lo mejor había llegado mi hora, me dije, ¿Sabes qué carnal?, estos batos van a quedar para el arrastre y ella está fastidiada, qué tal si sales tras ella y le hablas, Hola Brenda, qué onda, qué fresca está la noche, ¿no? Y ella, Sí, está especial para estar desnudos en una cama grande con sábanas rojas y unos tragos suaves, Pues mi cama es muy grande, no tengo sábanas rojas pero ahorita compramos y nos llevamos una botella de güiski para celebrar, ¿Y qué vamos a celebrar, Macías?, Muchas cosas, Dime las más importantes, Tu minifalda, ¿Qué más?, Tu cuerpo, ¿Qué otra?, Que vamos a estar juntos, Otra más, Tus lindas piernas, Otra, la más importante, Que va a haber elecciones en México, chale, no me la andaba acabando carnal. Total, la vi abandonar La Castellana mientras los pugilistas de lo que menos se acordaban era de ella, pues sí ni modo que qué. De pronto aquellos batos dejaron de rodar y golpearse, tirados bajo las sillas y mesas rotas habían desenfundado y se apuntaban a la cabeza, Cifuentes con su Glock calibre diez milímetros y el guapo con una Smith & Wesson calibre 45, como debe ser; se oyeron los clics y los jadeos mientras nosotros nos quedamos esperando con los hocicos abiertos; no sé qué hubiera pasado si el gachupín no interviene, Eso sí que no, dijo el bato, Puedo permitirles que riñan en mi cantina pero no que se maten, guarden sus pistolas, y como aquellos batos no le hacían caso, ¿qué caso le iban a hacer?, les tiró el rollo de que era amigo del jefe y que si no obedecían pasaría el reporte correspondiente, Ándese paseando, qué colgado, ¿tú crees que hicimos caso? Nel ni madres, Bonifaz lo agarró del brazo, Venga pacá don Venancio, y se lo llevó pa la barra, no supe lo que le dijo pero fue suficiente para que nos dejara en paz por el resto de la noche y se limitara a observarnos desde la caja registradora.

62

Debo decirte que a estas alturas los peleadores estaban bien madreados, cansados y decididos a parar la bronca, habían matado las ganas, se levantaron sangrando por boca y nariz y tenían la ropa vuelta mierda, manchada y rota; Raúl se dio color de que Brenda lo había dejado, se echó un buen trago y se largó. Nosotros pedimos otra botella y empezamos a agarrar cura con el Cifuentes, ¿Cómo estás cariño?, decía Martínez, Ando reglando, respondía Bonifaz, y yo, A esa morra me la respetas pinche Martínez, Por favor Raúl, vámonos a otra mesa, Mija, si te falta macho, ya sabes.

Teníamos buen rato cotorreando y recordando pleitos cuando llegó uno de los meseros, ¿Qué onda?, Que diche chupapá que cha es hora, ¿Hora de qué?, quiso saber Martínez, ¿Tú preguntaste la hora Macías?, ¿O tú, Cifuentes?, Hora de irse, insistió el mesero, Ya hace rato que cerramos, ¿A poco? No había un alma en el congal, sólo el gachupín, ¿Pues qué horas son?, Son veintidós minutos después de la hora, dijo Cifuentes, Ay güey, apenas tengo tiempo de ir a mi casa y llegar al trabajo, dijo Bonifaz viendo el reloj del mesero, Apenas tenemos, completó Martínez. Total, ya ves cómo es uno cuando anda en esos trotes, nos estuvimos un rato más vacilando al mesero y echándonos la del estribo. Salimos y aquellos cabrones me echaron las últimas felicitaciones, Que te salga buena la mujer, Sí, que sea de las que hablan poco, Y de las que comen poco, y el Cifuentes, Pinche Yorch, fue un verdadero agasajo pistiar contigo, tú sí sabes ser amigo carnal, me cai, en las buenas y en las malas y en las regulares, Gracias bato, estaba amaneciendo, Qué onda, ¿quieres que te lleve a algún lado o qué?, Nel, no te preocupes, de aquí la armo fácil, Ya vas carnal, Órale, luego te busco, Ya sabes dónde encontrarme cabrón, y ya sabes lo que se te desea, Simón carnal, ahí te mando la invitación, Ya dijiste. Al fin nos despedimos, tomé un taxi a La Tabacalera, a mi cantón. Llegué tranquilo, antes de irnos nos habíamos echado el segundo pericazo de la noche, así que me sentía como lechuguita, como amapolita dorada de los llanos de Tepic. Entré, luego se siente cuando la casa está en orden, un silencio acá, acogedor, chilo, la claridad se colaba por las ventanas. Fui directo al baño, ya sabrás, y luego a la recámara, en el clóset tenía un clavo especial donde guardaba una Smith & Wesson clásica calibre 44, una Walther P-88 calibre nueve milímetros de colección, además de una escopeta recortada; hace rato te dije que traía mi fusca, una Beretta 92 F de nueve milímetros que se cocinaba aparte, la habían adaptado para mí en una armería de Los Angeles y jamás me despegaba de ella, simón que la tenía destinada para aventarme el jalecito, una maravilla carnal, podía disparar con cualquiera de las dos manos, muy liviana, cargador con quince tiros. Bueno pues ahí había dejado el portafolios que me dio el Veintiuno. Lo tomé, lo puse sobre la cama y saqué el sobre manila. Simón, me clavé un rayo en el dinero, lo veía bien acá, bonito, y me veía rolándola machín con viejas, en buenos restoranes, en playas famosas, ahí estaba el cabrón, verdecito, asegurado con ligas, bonito bonito, tomé una paca y la barajé, sonó chilo, ahí estaba todo junto, no sé cómo decirte, listo para cambiarme la vida, bien acá. Luego abrí el sobre, era tamaño carta y estaba sellado con cera, no me sorprendió, esas jaladas le gustaban al Veintiuno. Contenía una foto del candidato muy sonriente, le habían pintado un punto rojo en el lado derecho de la cabeza, Este pinche Veintiuno, pensé, sigue queriendo meter basa, qué onda pues, si ya sabe cuál es mi estilo, chale, qué aferrado. De todas maneras lo iba a hacer a mi manera, pues sí ni modo que qué, había también un papel con el número 22 y la palabra CULIACÁN escritos en computadora, Órale, pensé, lugar, fecha y señas particulares; venía también una corbata azul claro con tres estrellitas blancas, ¿y eso?, ¿de qué se trataba?, ¿qué patada estaba agarrando el Veintiuno? ¿Quería que lo ahorcara o qué? A lo mejor quería que usara esa corbata el día de la acción, no pues, tendría que llamarle a la vieja, ¿cómo se llamaba?, Elena Zaldívar, para preguntarle qué onda, qué quería. La revisé: estaba chila, era de seda, marca Christian Dior, *Made in France*, muy elegante lo que sea de cada quien, pero ¿qué rollo, por qué la había echado? Mejor prendí la tele, puse *Al Despertar* y a pesar de todo lo que me había metido me quedé jetón, chale.

6

Era día de pago y yo no iba a cobrar, chale, estaba en Culichi, recortado y esperando la llamada del jefe H. Entretanto wachaba el noticiero de la NBC, pasaban un resumen sobre las guerras en el mundo cuando oí un claxon muy insistente que no dejaba agarrar el rollo como Dios manda, qué onda, me asomé por la ventana dispuesto a romperle el hocico a quien fuera y voy viendo aquel picapón negro y reluciente y al Willy sonriendo y haciendo señas, ¿Qué onda mi Yorch?, abrí la puerta, ¿Qué onda baquetón?, pásale a lo barrido, mi amá había ido a comprar machaca al abarrote de la esquina, ¿Qué patada mi Yorch, cómo estás?, Machín, ¿qué no me ves?, como lechuguita, Veo que sigues clavado en tu vicio, Ya sabes, a mí que no me falten mi coca y mis galletas pancrema.

¿Desde cuando no veía al Willy? Cuatro años fácil, lo conocía desde que estábamos morrales y nos juntábamos para ir a rolarla a la mutualista Zapata o a La Fuente, que eran lugares acá, pal dance y eso. Aunque casi no lo pelaban las morritas, a él le encantaba ir a La Fuente; a mí no, era un lugar muy caliente, siempre caía raza muy pesada, pesada de más diría yo, puro bato felón, y por cualquier quítame estas pajas se armaba el desmadre y órale, no te la andabas acabando. A veces estabas pegándote un toque bien acá, machín, cuando empezaba la tracatera y pa qué quieres carnal, había que tirarse a perder si no querías estar en la polla cuando llegara la policía. Era peor que en San Pedro. Allá tú estabas muy tranquilo mirando a las morritas, apenas habías llegado y estabas acá, wachando el punto, como quien dice, seleccionando entre más de doscientas morras que también esperaban bulliciosas que empezara la tanda, apenas te estabas ambientando, carnal, oías a los músicos afinar cuando de pronto qué onda, aparecía frente a ti un bato loco que te daba un empujón, y tú, ¿Qué onda compita, qué pasó ahí?, nomás lo wachabas queriendo evitar que pasara a mayores, qué rollo, andabas machín como quien dice, tramo y lima acá, haciendo juego, Levis, camisa blanca o playera, greña acá, larga pero bien peinada, calcas negras, bostonianos de preferencia, calcetines blancos y Brut suficiente para que oliera a dos cuadras, andabas en buen plan, paz y amor, la clica en calma y ahí tenías eso. ¿Qué onda mi chuco?, le decías al bato, y él te reviraba bien felón, ¿Qué, no te gustó?, y tú, No pues, no hay bronca bato, no hay problema, y entonces él, Ah, ¿no hay problema?, y enseguida se te venía encima con una manopla y una cadena y órale güey, querías divertirte, ahí tienes tu diversión, querías bailar y pasar un buen rato, órale, ahí tienes tu baile, no te la

68

andabas acabando; ya sabrás lo que ocurría si respondías Simón güey, sí hay problema y soltabas el primer trompón, chale carnal, de cualquier manera había que salir corriendo perseguido por los muchachos del pueblo, que eran como seis mil, y tan apurados que no teníamos tiempo ni de mentarles la madre.

En la tele pasaban la bronca de Irlanda del Norte o del Sur, no me acuerdo, y las posibilidades de que terminara en el 94. Pasaron tomas de edificios arruinados, no me parecieron tan cateados como los bosnios herzegovinos, chale carnal, no sé si los viste, esos sí estaban cabrones, como si se quisieran borrar de la faz de la tierra. La apagué pa platicar a gusto, el Willy merecía toda mi atención, además traía un avioncito machín y estaba clavado en su rollo. Se acordaba de cosas que nos pasaron en México Defe, de Los Dorados, que era un grupo acá, de porros; luego hablaba de su jale, Se hace lo que se puede para que se cumpla la ley, mi Yorch, Simón, ahí te llevo con mi paleta de limón. El Willy no era de la col Pop, pero de chavos le hicimos todos los paros como si hubiera sido del barrio, en qué bronca pudiera estar metido que no lo sacáramos. Un día, en una tardeada de la Webster, una escuela de morritas bonitas, de esas que estudian para secretarias bilingües, estaban madreando gacho a un cabrón, Estos batos, pensé, eran cuatro contra uno, yo creo que chale, andaba con ganas de hacerle al héroe porque le entré, ¿Qué onda batos? Órale, un tiro derecho, Ni madres me contestaron, que el morro era un gandalla y debía pagar por ello.

69

Órale ahí, les dije, rómpanle el hocico pero de a uno por uno, no sean cabrones, ¿Y tú qué te metes güey, eres su pilmama o qué? Total, los batos me cantaron el tiro y lo tuve que alivianar: era el Willy. Así empezó nuestra amistad. Después no nos la andábamos acabando: que vamos a partirnos la madre con unos batos del Coloso, Sobres, vamos; que los batos de La Redonda me tiraron picos, Vamos a ponerles en su madre; que hay un cabrón al que le quiero bajar la morrita, Déjamelo, yo le rompo el hocico y tú la armas con la morra; que el viernes hay tardeada en la Normal, Hay que caerle, y así, bien acá, chilos; sin embargo el bato se bronquiaba a cada rato, hubieras visto carnal, era un samurai el cabrón pa buscar pleito, ¿Sabes qué mi Yorch?, me acaba de salir una bronca con un bato de la Rosales, ya sabes, el barrio más prendido de la ciudad, y resulta que era el Walterio, nada más ni nada menos que el jefe de la pandilla, el bato más felón, ¿Qué onda pinche Willy, de qué se trata?, No te agüites Yorch, es pa divertirnos un rayo, era más baquetón. ¿Y se puede saber qué le hiciste?, No pues, le agarré las nalgas a su morra, el bato se agüitó y se hizo, Yo te hubiera reventado el hocico ahí mismo, El también trató, me tiró varios madrazos, pero le dije que no fuera culero, que se portaba felón porque venía con su flota y yo estaba solo, Chale, ¿cuándo fue?, Hace rato, en la tardeada de la Prevo, Pinche Willy, Hay que estar en el estadio Ángel Flores a las ocho, donde mismo, Le cai al que se raje, Simón, y ahí te llevo con el horario, Hay que decirle a la raza, al Medio Kilo, al Nono, al Pipo, al Glostora, al Charly, al Porky, al Chino, al Kato, hay que jalar a toda la clica, Oye loco, pero el estadio está muy lejos, hazlos caminar a ellos no a nosotros, No te agüites Yorch, no lo vuelvo a hacer. Pero era inútil carnal, ya ves lo que pasa cuando uno está morro, siempre terminábamos haciendo esos viajes pendejos nomás pa irnos a romper el hocico con quien fuera. Después de todo, como decíamos, en la noche no teníamos nada que hacer. Al principio la raza jalaba machín, pero después se agüitaban y desconocían al Willy, Nel ni madres mi Yorch, el morro ni siquiera es del barrio y es bien colgado, pero de todas maneras íbamos porque nos encantaba el desmadre, tomábamos un camión y le decíamos al chofer, Al estadio compita, y el decía, Pero si no hay beisbol, Claro que hay beisbol y no la haga de pedo, y luego le hablábamos a la gente, Señores, vamos al estadio, hoy juegan los tomateros de Culiacán contra los venados de Mazatlán, si alguien no quiere ir puede bajarse, y ya sabes carnal, se bajaban todos, y el Willy en sus meras moles, encantado de la vida. Llegábamos y ahí estaba la flota de la col Ros, chale carnal, puros batos felones, con sus chamarras de cuero negro, sus tramos ajustados y fumando acá, muy locochones; Órale, decíamos nosotros, Qué onda morros, Qué jáis, respondían, Un tiro derecho, ¿no?, Sobres, decía el Walterio que siempre era el más ganoso y tenía que poner el ejemplo, Quiero con el gordito, y ahí estaba el Willy entrándole machín, lo que sea de cada quien, el bato jamás se rajó; sin embargo de volada todos nos poníamos como agua para chocolate, no habíamos ido tan lejos nomás para estar de espectadores, nel ni madres, y órale carnal, ya sabes: ¿Sabe qué, compa?, aviéntese un tiro con mis huesos, Ya vas, y sobres, de volada se armaba, al rato estábamos todos contra todos, bien chilo. El Willy siempre fue un poco grueso, y a pesar de su gordura tenía un patín de aquéllos, era un encanto, como lo veían gordito se le acercaban y órale, ni cuenta se daban cuando ya tenían la calca en la feis. Era su arma letal. Todo esto pasó antes de que le llegáramos dizque a estudiar a la ciudad de México y nos metiéramos en broncas verdaderamente fenomenales de las que no me gusta acordarme, pues sí ni modo que qué. Y ahí tenía a mi gran amigo más gordo que antes, más arriba, contándome que andaba de judicial, que ya tenía dos años y que no le iba tan mal; pues sí, dijo que al principio se había enganchado nomás para hacer sus desmadres a gusto, pero que después se había ido clavando clavando hasta tomarle amor a la camiseta. Con decirte que hasta me ofreció chamba. Le habíamos llegado machín al perico y estábamos acá, al tiro, pero el bato quería pegarse un toque, estaba forjando cuando me la cantó, ¿Sabes qué, mi Yorch?, deberías jalar aquí en tu tierra, donde tienes enterrado el ombligo, te aseguro que no te va a faltar ni Dios ni el diablo. Le dije que no andaba buscando trabajo, que estaba de vacaciones, además la vida de tira nunca me llamó la atención, es muy dura, no conozco uno que no haya terminado de comemierda, siempre a expensas de los narcos, de los políticos, y cualquier malandrín los quiere comprar. Que el Willy estuviera ahí no me extrañaba, de él se podía esperar cualquier cosa, era un cabrón que violaba todas las reglas, incluida la de la amistad, era un loco suicida que no se la andaba acabando. Me acuerdo que de chavitos le gustaba robar vochos, no había fin de semana que no hiciera un gane, puros vochos, ¿y qué provecho le sacaba?, ninguno carnal, ninguno, lo tomaba como deporte; se los jampaba en México, se iba pa Cuernavaca o pa Toluca, la rolaba todo el día o hasta que se le acabara la gota y luego se devolvía en camión; yo le aconsejaba, No seas menso Willy, róbate otro allá, a poco no, pero ¿Sabes qué carnal?, nunca lo hizo. Un día lo torcieron y hasta Lecumberri fue a dar. Y más tardaré yo en contarte este rollo que él en salir, estaba pesado, le avisamos a Los Dorados y de volada lo echaron fuera, esos batos estaban gruesos carnal, tenían contactos en el gobierno, y en el primer nivel, no creas que con los de abajo, verdaderamente estaban gruesos. Unas horas después de que lo apañaron salió muerto de la risa, Qué onda batos, Qué onda mi Yorch, Qué bueno que me sacaron, está pesada la carrilla adentro. Según nos contó lo habían puesto a hacer fajina y le tuvo que reventar el hocico a un interno que se estaba burlando, Qué onda, el bato no se burlaba de que estuviera lavando los baños, sino de su mal olor. Chale carnal, no lo había mencionado, pero el Willy siempre olió muy mal, era su principal característica. Desde morro usaba Brut, desodorantes Ossart o Vanart, talco Mennen y ni madres, su mamá le hacía fregadera y media y nada, jamás se le quitó, y le dábamos un carrillón que no se la andaba acabando, ya te imaginarás: le decíamos cerdo, le cantábamos el cochi cuino, que cuando comiera burro le quitara los cascos y le valía madre, sólo le agüitaba que las morritas no quisieran platicar con él, chale, pues sí ni modo que qué. Esa vez en casa de mi amá sentí el tufo en cuanto se acercó y me pareció insoportable, pero no iba a darle carrilla, el bato había ido a saludarme. Ahorita todo está muy tranquilo mi Yorch, todo está muy repartido y se puede jalar machín, dijo el bato reteniendo el humo después de una profunda fumada, y pensé A este güey mejor le cambio de tema, yo no buscaba chamba y no quería que se clavara en el rollo. Oye Willy, ¿cómo ves a los chiapanecos?, sonrió, se tardó un poco, ya ves que uno se tarda en contestar cuando está fumando mota, por más que quieras no puedes hacer una conversación acá, continuada, Los van a hacer jiritas, dijo el bato, En ningún lugar del mundo hay quien le pueda ganar a los guachos, esos güeyes están locos, ¿Y el subcomandante Lucas, qué onda?, Ese es el más loco de todos, ¿sabes qué pienso yo? que el bato era judicial, Ah caray, a ver, barájamela más despacio pinche Willy, Pues por la forma, la forma en que le vale madre tocho morocho, y es muy arrojado y parece que agarra cura. Luego fue él quien habló de otra cosa, Oye Yorch, quiero decirte una onda, no me la vas a creer, ¿Qué onda?, Tengo vieja cabrón, me

74

amarré, y eso vale madre, tengo una morrita, ¿Neta? Algo me había dicho mi amá pero creí que estaba equivocada, Neta cabrón, tengo una morrita de un año, Ándese paseando pinche Willy, te diré que a esa morrita le hago llegar una lana cada dos o tres meses, Simón loco, continuó, me amarré y órale, ahí estoy haciéndole al padre de familia. Esa era una sorpresa carnal, la verdad es que cuando mi amá me comentó no le creí, pero como te digo, el Willy era capaz de todo. Pues de veras que has cambiado, Es otra onda carnal, tener hijos es otra onda, No pues sí, supongo, lo notaba inquieto, pero me daba hueva preguntarle por qué y que se tirara todo el rollo de cómo había conocido a su morra, así que volví a cambiar de carril, pues sí ni modo que qué; Willy, hazme un paro cabrón, déjame perico, estoy seco, Ya vas, pero entonces qué de esta onda, ¿aceptas ser de las fuerzas del orden?, Déjame pensarlo carnal, luego te resuelvo, no quiero quedarte mal, Qué me vas a quedar mal Yorch, un bato como tú, Uno cambia Willy, ya ves tú, ¿quién iba a pensar que te ibas a convertir en papá?, Está bien bonita mi niña cabrón, tienes que conocerla, Órale, dije por cortesía, ¿Vas a estar mucho tiempo aquí? Me acordé que el jefe H no me había llamado y ya me empezaba a preocupar, quizá debía regresar al Defe, ya era quince de enero y el orgullo se me había bajado un guato, Sólo unos días más, respondí, Digo, pa traerla y que le eches un lente, chale, como ya te dije, a mí los morritos nomás no, pero lo vi tan prendido que no me atreví a darle

75

para atrás, Órale, le dije y por eso digo que yo también soy humano carnal, que tengo sentimientos. Neta que está bien bonita mija, pinche Yorch, un día de estos te la traigo, me cai. Ahí llegó mi amá con su bolsita de machaca y dos asaderas, se había tardado, seguro se había echado su cotorreada en el abarrote, de volada hizo gestos de que le había llegado el olor a mota sumado al tufo del Willy, pero apechugó buena onda la vieja y saludó machín al compa, le preguntó por su niña, por su mamá y por su señora, el Willy le reviró que un día iba a traer a la niña para que la conociera su tío Yorch, chale, luego comentó mi amá que a ver cúando me animaba yo a echarme al agua con un hijo y el Willy le siguió el rollo, Ya te estás pasando de tueste carnal, después se despidió, me pasó su teléfono e insistió en que me decidiera a trabajar de tira, luego se fue quemando llanta machín.

7

Date → Era miércoles dieciséis de marzo, o sea que faltaban siete días para entrar en acción y ahora sí sentí
esa cosita que se apodera de tu cuerpo siempre que
vas a hacer algo grueso, pues sí ni modo que qué, no
te puedes pasar la vida ignorando que tienes un
broncón enfrente en el que no basta la pistola, la buena puntería o la sorpresa para salir bien librado, neta
que no, no sé si te ha tocado estar en un rollo de estos, para mí lo que más se necesita es suerte y que
Dios te dé el momento para acomodarte y órale, a
como te tiente. Dices tú, A este cristiano Dios lo
quiere en su seno, por eso me lo está poniendo a modo y ñaca, sobres, ahí nos vidrios cocodrilo, si te he
visto no me acuerdo; sin embargo hay cosas que no
puedes dejar al azar, pendejadas si tú quieres, pero
más vale saberlas que ignorarlas, por ejemplo: ¿era
el 22 de abril o el 22 de mayo? Llamé al PRI, Qué
onda, me dijeron que ahí no sabían nada de las giras
del candidato, que llamara a las oficinas de campaña,
Órale, le comenté a la voz, Ahí los llevo con la organi-
zación; llamé y después de esperar un resto me pasaron el rollo de que simón, el 22 de marzo el candidato

estaría en Mazatlán por la mañana y en Culiacán por la tarde, que ahí dormiría, que comería con políticos y cenaría con empresarios, y que el 23 partiría a La Paz donde estaría por la mañana y en la tarde en Tiyei, donde ya viste lo que pasó. Luego me di un baño acá, con agua caliente y me largué a El Famoso a curarme la cruda. Traes una cara, me dijo rápidamente Lupita, en vez de preguntarme como todos los días si quería lo de siempre, chale, yo por toda respuesta le pedí un caldo de pollo con harto chilito piquín, y agarró cura la desgraciada, como si ella nunca hubiera estado cruda. Revisé el periódico, que la campaña de Barrientos tomaba fuerza, Qué es eso, pensaba yo; que desde el 6 de marzo que había roto con el presi había tomado vuelo, y yo, simón carnales, la está haciendo machín; que había reunido treinta mil personas en Tabasco y venían fotos bien acá, donde el bato se miraba de lo más felón, Órale, pensaba yo, al cabos que ni a acarrear se animan los del PRI. También venía el Cardona y su roñoso salivero sobre la justicia social, democracia ya y eso, y el Max, carnal, bien acá, chilo, siempre salía grandote con sus barbas perfumadas echando rollo sobre la corrupción, un México sin mentiras y pidiendo debate por televisión. No sé si te he dicho, pero el Max se me hacía mucho más decente que el Cardona, a poco no, el Max era un bato que reconocía el trabajo de mi presi, reconocía que la había hecho machín en economía, con Solidaridad, el Tratado de Libre Comercio y también en el amarre con los curas, no que el Cardona puro chingar la pava, neta que si me hubieran encargado descabechármelo lo hubiera hecho encantado de la vida y a lo mejor hasta gratis, a poco no. Con el caldo me acordé de mi amá y de la Charis, ¿qué estaría haciendo la Charis a esa hora? A lo mejor dando clases, o batallando al morrito o empiernada con el pinche Chupafaros, chale, qué gacho si bato en vez de estar discutiendo en el Chics sobre la renuncia de Machado como comisionado para la paz en Chiapas me estaba gananceando a la vieja. Ah, no te creas carnal, en realidad no me importaba tanto, aunque iba a estar nuevamente en Culiacán sabía que no iba a ser fácil verla, pues sí, ni modo de buscarla y decirle Sabes qué mija, aquí ando, vine a darle cran a un cabrón; nel pastel, si la buscaba iba a ser para otro rollo, como dicen, con el corazón nunca se sabe. Debo decirte que cuando vivió con mis huesos nunca supo nada sobre mis actividades y durante el tiempo en que me encargaron el jale de Barrientos mucho menos tenía por qué saberlo. Era chilo acordarse de ella, en esa temporada cada que me acordaba de ella me excitaba, me ponía acá, como treinta, hasta me hice varias chaquetas a su salud, nomás me acomodaba lo que te conté en una pierna y órale, no me la andaba acabando, hasta que quedaba todo embadurnado de leche nestlé, chale.

Ahora nel carnal, ahora la recuerdo de otra manera. Y ahí andaba la Lupe revoloteando, no se parecía en nada a la Charis pero cuando menos cumplía con el requisito de tener por dónde y un trasero más o menos apetitoso. Pensé Hoy es miércoles, mañana jueves, me voy hasta el sábado, billetes no me faltan, podría invitar a esta vieja a pasar estos días conmigo, podríamos irnos a Cuernavaca o a Valle de Bravo, o aquí mismo en un hotel más o menos, pa qué ando gastando a lo pendejo, compramos cerveza, comida y órale, pa qué veas que hay cariño; así que le hablé y le confié mi plan, ¿Qué onda, qué te parece?, Ay Jorge, siempre es lo mismo contigo, siempre se te ocurre el día que no puedo, No me importa si andas reglando mamacita, ya sabes, se puso acá, seria, No se trata de eso Jorge, ya sabes que yo jalo, me cai, pero mi niña sigue muy mala, no iba a venir a trabajar pero necesito dinero, ya ves que aquí ni Seguro Social tenemos y las medicinas están rete caras. Chale carnal, su maldita hija me acababa de echar a perder tres bellos días de mi existencia, ni modo, me acuerdo que insistí, de lo perdido lo que aparezca, Cuando salgas puedes pasar por mi casa, Hoy no Jorge, de veras, mi niña está muy mala, te dije que te había ido a buscar el lunes, era para que me prestaras una lana, pero no te hallé, y ayer me dio pena decirte. Como que quería llorar, ¿Sabes?, le pedí permiso al dueño y no me dejó ir, y se le rodaron las lágrimas bien gacho, Por eso me encabrona ser pobre, siempre estás vendida y siempre andas valiendo, No pues, lo mejor era dejarla de ese tamaño, chale, y la Charis tan lejos, qué remedio, quizá terminaría como otras veces, todo embadurnado.

Me acuerdo que ya más calmada, Lupita fue directamente a la caja registradora con el dueño, un chinito gordo y cachondo que de vez en cuando la armaba con ella, vi cómo le pidió permiso de nuevo y como la mandó a la jodida, Ahí te llevo con los modales pinche chino, pensé y chale carnal, me empecé a encabritar. Qué mala costumbre de uno esa de andarse metiendo en lo que no le importa, yo tenía mis reglas carnal, y esa era una de ellas: nunca te metas en lo que no te importa, pero no sé, me dio rabia la prepotencia con que el bato la mandó a la mierda, qué onda. Me acordé del chino que nos enseñó artes marciales cuando recién nos reclutó el jefe H, era un perro con las rucas, le encantaba acompañar a los agentes que hacían redadas de putas, en cuanto aparecían las morras se bajaba del carro con sus chacos y se dedicaba a madrearlas gachamente, no se la andaba acabando, era un bato muy sanguinario, hasta que lo bajamos machín y lo echamos al río de los Remedios. Y este chinito me estaba resultando por el estilo, a lo mejor por eso me encabroné de volada, y es que después de todo Lupita era de la raza, de la cultura del esfuerzo como decía el Barrientos; total ahí te voy otra vez a hacerme el héroe, Aquí puedo hacer dos cosas, pensé: pegarle una chinga de perro bailarín o matarlo, y si lo puedo matar ¿para qué me canso golpeándolo?, además acabo de comer, ando crudo y todavía un poco arriba, mejor lo cincho y ahí muere. No fueron necesarias ninguna de las dos cosas, además yo era un bato acá carnal, con sentimientos. En cuanto el viejo vio que me paré yo creo que adivinó mis pensamientos, porque en chinga le dijo a la morra que se fuera, hasta le dio una feria para medicinas, cuando yo iba llegando oí que le decía que pidiera factura en la farmacia, Lupita, bien sorprendida, no sabía qué hacer, entonces me wachó y agarró la onda y de volada se fue por su bolso, ahí le hice una seña de que me esperara en la mesa. Carnal, yo soy de los que cuando se encabronan tienen que desquitarse, si no hasta me enfermo, chale; así que me quedé wachando al ruco que a su vez me miraba con tamaños ojones, pensaba yo, si el bato es karatustra cuando menos va a gritar Ahhh y quizá hasta haga sus fintas, pero nel, el viejo era puerco pero no trompudo. Había un pastel sobre el mostrador, vio que yo lo estaba mirando y me ofreció un pedazo, yo de harina ya sabes, nomás mis galletas pancrema, así que lo agarré y se lo estrellé en la cabeza, se hizo un pinche cochinero que no se la andaba acabando, pero el bato no dijo ni pío, seguro quería seguir viviendo. En la mesa me esperaba la Lupe, Qué onda, ¿quieres que vaya a tu casa?, preguntó, Puedo ir pero nomás un ratito, Jorge, qué buena onda eres, me cai, Oye no estoy en la onda de que vayas a mi casa, sólo quería darte tu propina, y le di una mileta, chale carnal, se puso roja y se largó tendida como bandida. Yo también me largué, la raza que estaba soleteando se me quedó clavada bien gacho.

Paseé un poco por el jardín que está a espaldas del Museo de San Carlos, ¿alguna vez lo has visto? los árboles estaban renegridos de viejos y seguramente también por el smog, pensaba que si el Veintiuno pretendía que lo buscara para preguntarle por la corbata se la iba a pellizcar, quizá llamara a Elena Zaldívar pero para invitarla al cine, estaban exhibiendo *Asesinos por naturaleza* y me interesaba wacharla, dizque traía unas ondas muy locochonas sobre los que nos dedicamos a matar; pensaba yo, Llevo a Elena, después vamos a cenar y luego pues, el Veintiuno siempre tuvo muy buenas secretarias, muy bien escogidas, nada perdía prestándome a Elena Zaldívar por una noche, y menos en estos tiempos en que íbamos a ganar tantos cueros de rana juntos. Me había sentado en una banca cerca del museo cuando del lado del hotel Oxford, un hotelito de esos de treinta pesos, vi venir a un bato conocido, era Cantú, el chofer del jefe H. No sé por qué carnal, y hasta se lo pregunté más de una·vez a la Charis, a veces uno piensa una cosa cuando debería pensar otra, a poco no, por ejemplo: veo venir a Cantú, el chofer del jefe H, caminando así, bien garboso como él caminaba, y lo primero que pienso es que tengo que comprar galletas pancrema porque se me estaban acabando, ¿qué onda, no? Así me pasaba, total, se acerca Cantú con su traje azul oscuro, muy acá, formal, y me saluda: ¿Cómo estás Macías?, Bien Cantú, ¿y tú, qué haces?, Aquí visitando a las estrellas, ¿Vas al museo o qué?, Qué museo ni que la chistosa, tengo casi una hora esperándote, Hubieras llamado Cantú, Nadie contestó, ¿por qué no compras una contestadora? No me pasan, son de mal agüero, ¿qué onda?, El jefe quiere verte, Ándese paseando, pensé, al fin el jefe se acordaba de mí, qué buena onda, bien dicen que Dios manda todo junto, Y vengo por ti, Pues vamos a ponerle machín.

Nos fuimos tendidos como bandidos a Los Pinos, llegamos y, como siempre, había un pinche reborujo que no se la andaban acabando, chale; entramos por una de las puertas de escape, como les decían, nada que ver con la oficina donde yo me hacía piedra pa que el bato me recibiera, caminamos por un pasillo silencioso y oscuro que yo no conocía. A pesar de haber trabajado casi dos sexenios con el jefe H, la residencia oficial de Los Pinos me seguía pareciendo un cantón lleno de misterios que a lo mejor ni los mismos presidentes conocían como debe ser. Yo seguía a Cantú, que iba silbando muy despacito, hasta que llegamos a una puerta, tocó, sonó una chicharra, empujó la puerta un poco y me indicó que pasara; órale, carnal, era una oficina grandota y al fondo estaba el jefe H, un bato delgado, medio calvo, de mirada penetrante, un bato acá, felón, ante un escritorio sobre el cual había un sobre manila entre otros papeles. Jorge Macías, siéntate, me indicó una de las dos sillas que tenía enfrente, A sus órdenes, dije, tenía la boca seca, Antes que nada, muchas felicidades, dijo con media sonrisa, Se ve que no has estado quieto, chale, aquéllos cabrones habían ido con el chisme del casorio, Gracias señor, respondí muy acá, muy modosito, y sin mayor preámbulo se echó un rollo: Macías, llegó la hora de trabajar, eres de nuestros mejores hombres y aunque no había querido atenderte por así convenir a mi estrategia, jamás te consideré fuera de la corporación y mucho menos fuera de mi equipo, espero lo comprendas como debe ser, ahora deberás integrarte, te pagaremos desde enero además de una compensación especial; yo pensaba: no cabe duda, dinero llama a dinero, y el jefe continuó, Macías, te necesito en una misión especial. Ya te imaginarás carnal, me sentía como en *Misión imposible,* «después de cinco segundos esta cinta se autodestruirá», bien acá, pero me mantuve bien trucha pa agarrar el rollo, pues sí ni modo que qué; Chiapas es tu destino, dijo, y tu misión eliminar a tres dirigentes zapatistas, creemos que tus características físicas te permitirán entrar hasta el corazón del movimiento, ya ves cómo soy: acá, aindiado; Claro, aparte de tu astucia y combatividad, sin olvidar tu excelente puntería, con ganas de decirle, Simón carnal, me alegra que lo reconozcas, pero nel, ni madres, era el jefe, y al jefe sólo se le puede hablar como jefe; enseguida empujó el sobre manila hasta ponerlo frente a mí, qué onda, Aquí está todo: dinero, identidades, rutas. Vas como periodista de *El Financiero,* deberás partir muy pronto, en San Cristobal te estará esperando un guía, se llama Timoteo Zopliti, no es de confiar pero es lo único que tenemos, tiene un puesto de verduras en el mercado, ¿alguna pregunta, Macías? Chale, me caía de a madre la selva y tenía que meterme hasta lo más tupido, y con un guía que a lo mejor era doble agente, No señor, sólo que no entiendo por qué usar un guía así, No hay más, y te lo digo para que tengas cuidado, y no está de más que lo sepas: han ido cuatro agentes antes que tú y los cuatro han muerto, dos a pedradas y dos acribillados, así que Macías, ándate con cuidado; Órale, pensé, es bueno saberlo. Me cuidaré señor, Ten muy claro esto Macías: se trata de una misión especial, te estamos confiando un trabajo que no es para cualquiera, de él dependen muchas cosas. Reportarás solamente a mí tal y como te lo indico en el sobre, lo que significa que no harás ningún contacto con tus compañeros, Entendido señor, aquí se paró el bato, Buena suerte Macías y un consejo, no te cases hasta que regreses, Gracias señor, así lo haré, me despedí de él y también de la foto de mi presi que estaba en la pared; órale, carnal, me empecé a sentir bien machín, bien acá, y es que ya era otra vez de los chilos, a poco no. Cantú esperaba a un lado de la puerta, me pareció que sonreía, ¿Todo bien, Macías?, Al tiro carnal, estoy dentro de nuevo, Suave, lo seguí por el pasillo oscuro. Mientras avanzábamos por el tráfico de Reforma empecé a pensar cómo le haría para cumplir con el jefe H y con el Veintiuno, pues sí, ni modo que qué.

8

No me atrevía a volver a Culiacán, tenía una cuenta pendiente y ya ves cómo es el diablo, no duerme, pero bueno, una cosa son las vacaciones y otra el trabajo, y más en ese momento en que ya había amarrado con el jefe H. ¿Ya te dije cómo me decían, carnal?, pasa para darme un toque, gracias, ya lo amacicé, el Europeo, me decían el Europeo dizque porque tenía varias reglas y porque me gustaba trabajar solo, pues sí ni modo que qué, en este oficio no es fácil encontrar acoples, pero ¿Sabes cuál era la onda, carnal? La onda era que si hacía un jale quería estar seguro de que me iban a pagar lo acordado sin necesidad de andar persiguiendo cabrones o amenazándolos, y también de que todo iba a salir machín, por eso exigía cuando menos una semana de anticipación para saber qué onda con el objetivo, pues sí, ni modo que qué, y nunca quise aceptar nada con mujeres ni con narcos, para mí ese era otro mundo, igual me pasaba con los curas. Una vez me ofrecieron descabecharme a un comunista de Puebla, Órale, simón, les dije, uno más a mi lista por cinco mil cueros de rana, pero nel carnal, era cura. Después alguien me habló, no supe quién, últimora fue el mismo pinche Veintiuno, me preguntó si aún le tenía miedo a los curas, porque dizque había un lanón en Guadalajara que me podía embuchacar; nel, le contesté, métetelo por donde te quepa, y colgué, con los curas ni madres carnal, y es que yo a esos batos les debo favores que está cabrón pagar y si me disculpas, la dejamos de ese tamaño.

Después de esa primera vez que estuvo en el cantón de mi amá allá en Culichi, el Willy volvió varias veces antes de que me retachara al Defe. Siempre se acordaba de cuando madreábamos estudiantes, obreros en huelga o campesinos alegando pendejadas. A nosotros nos tocó hacer el numerito del 10 de junio, no sé si oíste hablar de ese desmadre, en donde casi ni nos animamos a arrimarles una chinga a los estudiantes, volaron pelos carnal, bien machín. Teníamos unos seis meses viviendo en México y ya nos habíamos conectado con la raza brava; a donde quiera que vayas, si los buscas, encuentras a los tuyos, a poco no, y eso es lo que habíamos hecho el Willy y yo: encontrar a los nuestros, como le hacen los alcohólicos anónimos cuando van a otra ciudad, o los de los clubes sociales. Y andando en ese rol un día un bato nos propuso formar parte de un cuerpo especial de felones, algo así como una pandilla grandota que haría desmadre en toda la ciudad. Órale, le respondimos, que dizque nos había visto madera y que no iba a haber bronca con la tira, Entonces no va a tener chiste, dijo el Willy, Pero puede haber broncas más gruesas, dijo el bato, además habrá dinero a pasto y

se podrán dar vuelo madreando cabrones; total, le entramos, una raya más al tigre, como dicen, y creo que era lo mejor que se podía hacer por aquellos años. Nos llevaron al Desierto de los Leones, que la neta creíamos que era otra cosa, para empezar ni es desierto ni hay leones, es un bosque de aquéllos, hermoso, como en las películas, no sé si conozcas; total ahí vamos, nos hospedaron en un cantón acá, colonial, enorme, tenebroso, que tenía caballerizas y todo, ahí nos pusimos a entrenar con una bola de jodidos gandallas, puro cabrón tragaldabas junto a los cuales nosotros éramos miserables aprendices, puro bato felón. Ahí nos dieron de tocho morocho: soleta, lana, tramos, limas acá, calcas, y rolaban machín las pastas, la mota, el ácido; chiva pa los jaipos y hasta coca se ?
podía conseguir; como ves, estábamos en el pinche paraíso. Eso sí, nos acomodaban cada chinga que no nos la andábamos acabando, nos levantaban a las cuatro de la mañana para ir a correr por el bosque con un frío de aquéllos. Todo el día nos la pasábamos haciendo ejercicio, fue la primera vez que yo tomé clases de karate, donde me di cuenta de que se me facilitaba, a las dos semanas ya era más rápido que la vista; también nos enseñaron a tirar, pero en eso no me fue muy bien, después aprendí y agarré la fama que te he comentado.

El Willy se la pasó de lo más machín, jamás se preocupó por nada, me acuerdo que casi no dormíamos, después del entrenamiento nos dedicábamos a echar desmadre y no pasaba día sin que la armáramos gacha, rompíamos hocicos, apuñalamos al más fuerte y una vez soltamos los caballos para que culparan al más creído. El motivo de las broncas casi siempre era el olor del Willy. Al mes teníamos nuestra clica con los batos más felones y controlábamos el tráfico de pastas, ácido y otras linduras que mantenían a la raza a flote. Estábamos encantados, carnal, de lo más machín, cuando se presentó un bato del gobierno, Qué onda, y nos echó el rollo de que los pinches comunistas se querían apoderar de México, Ándese paseando, pensábamos nosotros, ¿Lo van a permitir?, gritaba el bato bien enchilado, Ni madres, respondíamos nosotros, bien prendidos y bien pachecos, ¿Permitirán que ideas extranjeras normen nuestra vida y la de nuestras familias?, Ni madres, ¿Permitirán que nuestras hijas y hermanas caigan en las garras de estos emisarios de otros países?, Nel ni madres carnal, y con eso tuvimos, la raza se puso que parecía que tenía rabia, nomás les faltaba ladrar a los cabrones. Luego juramos lealtad a la patria, al presidente y a las instituciones y nos comprometimos a defender el país con nuestras vidas, y a pelear contra los comunistas y sus agentes, bien chilo carnal, así nos hacía el corazón de la emoción.

La verdad es que el Willy y yo estuvimos agarrando cura, que si prometíamos ser fieles al presidente, gritaba aquel bato, Simón, respondíamos nosotros, pero si nos pasa a sus hijas. Total, esa tarde nos llevaron a la calzada de San Cosme en la colonia Santa María la Ribera y se armó machín, era un chingo de estudiantes pero en cuanto les caímos se cagaron bien gacho y sobre ellos, ¿conque quieren chingarse a nuestras hermanas y a México, cabrones? Órale, pues mámense esa, y cuero carnal, los agarramos a garrotazos hasta no dejar cabrón sano. Muchos allí quedaron, con las cabezas reventadas, pero los que no, los hubieras visto correr, parecían venados. Debo decirte que nosotros nos la llevamos calmada, los más calientes fueron los que salieron en las fotos que publicaron los periódicos al día siguiente, debes haberlas visto, chale, así les fue a los batos. Después del ataque a los estudiantes nos regresamos al Desierto, como a las dos horas de que estábamos celebrando la victoria llegaron por ellos, se los llevaron y como en las películas: jamás los volvimos a ver. En realidad no volvimos a ver a nadie porque esa misma noche deshicieron el grupo, nos dieron una lana y órale, cada quien pa donde apuntara su nariz.

De todo esto se acordaba el Willy mientras nos echábamos unas cervecitas y coqueábamos en mi recámara, para que no se agüitara mi amá. Luego repetía que me iba a llevar a su morrita para que la conociera, para que viera cómo se parecía a él, chale, pobre morrita; Simón, le decía, tráela, pero era puro paro, ya te conté que a mí los morritos nomás no. También se acordaba mucho de Los Dorados, decía que ahí había vivido sus mejores ondas, se acordaba de cuando estuvimos en el nacimiento del grupo en una casa abandonada de la colonia Santa María la Ribera y de cómo un director de la escuela de medicina del Poli les había encargado sus primeros jales y después como ser porro se convirtó en negocio.

Con Los Dorados yo no le entré, estaba harto de andar madreando raza y andaba buscando otra cosa, un rollo más fino, se lo comenté al Willy que estaba encantado con esta nueva onda, y no me entendía, cuando yo le decía Willy esta onda ya no me pasa, creía que tenía miedo; total, me abrí y entonces fue que di con el camino que me llevó al jefe H y después al Veintiuno y a otros con los que ya camellé de otra manera. Un día conocí a una ruca que tenía un hermano guarura, me lo presentó en un borlo, un bato picudo, acá, felón, hubo una bronca y le hice un paro; me acuerdo que me lucí carnal, neta que me lucí, les puse una pinche apantallada que no se la andaban acabando. Cómo le hice, simplemente apliqué lo que me habían enseñado en el Desierto de los Leones. Ese bato fue el que me conectó. Se llamaba Alcántara y luego luego lo mataron en una cantina cuando hacía de las suyas.

Al Willy no le iba nada mal con Los Dorados, sacaba pa sus chicles y mucho más. Siempre habíamos vivido juntos, pero en esta coyuntura me tuve que ir a vivir a otro lado y dejé de verlo seguido, pero cuando lo wachaba se le notaba, un bato acá, destripador, chilo, que andaba siempre bien estimulado, acá, en sus meras moles, y creo que la razón principal es que ellos lo respetaban un resto, me di color cuando lo sacaron de Lecumberri, lo trataban muy bien, nada de darle carrilla por su peste o eso. Cuando iba a visitarme en Culichi, el bato recordaba todas sus hazañas de porro hasta que se iba en su picapón negro quemando llanta. Insistía en conseguirme jale, incluso trató el asunto con su jefe, pero yo Nel carnal, sostuve mi rollo, que estaba de vacaciones y que así me quería quedar, en el fondo creo que me sirvió porque decidí no hacerle más al loco, acepté que extrañaba mi jale y que quería volver con el jefe H, y que tenía que hacerme piedra en la oficina del bato hasta que se acordara que existía, pues sí ni modo que qué, además reconocí que estaba un poco desesperado, y es que estar fuera de algo que te gusta cuando ya has estado adentro es como estar medio muerto.

Una de esas tardes fui con la Charis pero chale, no pudimos hacer nada porque estaba el Chupafaros y una amiga de ellos llamada Fabiola, que tenía un cuerpecito de aquéllos, estaban pistiando y cotorreando de Chiapas, el subcomandante Lucas y la chinga de perro bailarín que le habían acomodado a mi presi, chale carnal, y yo que me mataba por echarme un güilo. Ahí nomás le eché sus miraditas a la Charis para que supiera a qué había ido, pues sí ni modo que qué, el Chupafaros estaba feliz, se echó un largo rollo sobre lo ñengo de las campañas presidenciales, Jamás podrá Barrientos Ureta romper con el presidente, decía el bato, y las viejas le resorteaban bien machín, que tenía razón, que esa era la esencia del sistema presidencialista y que todavía no había nacido el que se atreviera a romper esa tradición, Ándese paseando, pensaba yo, y no me la andaba acabando de aburrido, dijeron también que Cardona iba a barrer, que prácticamente la tenía hecha, que su plataforma política no sé qué y ¿sabes qué carnal?, ahí me di tinta de que Fabiola me wachaba más de la cuenta, Cariño mío qué onda, pensé, ya sabes, a falta de pan tortillas. Lo cómico fue que el Chupafaros también se dio color, ¿qué onda mi Chupa? Y por supuesto la Charis, que la neta disimulaba muy bien que eso no le gustaba ni madres, me echó una mirada de esas de Si te mueves te mato, cabrón.

El Fito empezó a decir que yo era soltero, no mal parecido, sin vicios y con porvenir asegurado en el gobierno, que era uno de sus pocos amigos que no vivía en el error, ya sabes, dándome carrilla el bato, y yo siguiéndole el rollo, Simón simón, sin mirar a la Charis, pues sí ni modo que qué, yo no quería que la morra se sintiera, así que un rato después me despedí, ahí nos vidrios cocodrilo, ya se había hecho de noche y Fabiola bien aventada, Yo también me voy, ¿en qué vienes Yorch? No pues, en taxi, Te doy raite, y el Chupafaros prendido, Claro que sí, ustedes váyanse tranquilos, son gente sana, madura, de amplio criterio, y la Charis con esa sonrisa fría carnal, como cuando me dijo que se iba a casar con el Chupafaros, chale, pero qué podía hacer, ya ves que unas veces se pierde y otras se deja de ganar, así que me subí al carro con la Fabiola que, como ya te dije, no estaba nada mal. Era un poco así, delgada, pero con unas nalgas redondas que simón nomás tentaban; tenía cara bonita, apiñonada, nariz acá, un poco grande y el pelo corto, como la puta de la película *De mendigo a millonario* con Eddie Murphy, ¿la viste?, anduvo de moda hace unos años. En cuanto arrancó me dijo, Tú dirás Yorch, y yo, órale ahí, así me gustan, decididas, Vayamos por ahí, ¿no? Esa voz me agrada, ¿a dónde? No pues apenas tú, tú eres la que vive aquí, Ya está, pero antes pasemos a cargar gasolina. Traía una falda corta que no le cubría nada, y yo Ay güey, Vamos a la gasolinera de Julio César Chávez, dijo, es la más cercana, ¿Tiene gasolinera Chávez? Entre otras cosas, es un muchacho que ha sabido administrar su dinero, Órale, pensé, vamos a ver si es real o pura pantalla, y le puse una mano en el muslo, sonrió machín, Qué atrevido, dijo agarrando cura, mientras me cogía la mano y la ponía en su sexo, ándese paseando, no pues, gavilán o paloma como dice la canción. Como el carro era automático subió la pierna y órale, se acomodó machín, y a lijar carnal, poco a poco nos pusimos acá, cachondos, Fabiola empezó a respirar gordo y a hacer un ruidito muy incitante, así, bien acá; debe haber tenido rato inactiva porque estaba que quemaba y yo como treinta, olí el dedo y ay carnal, estaba rancia esa madre, se lo acerqué para que lo oliera y me lo chupó. Quién sabe como iría el pinche carro por la calle, el caso es que de pronto nos hicieron señas con unos fanales para que nos paráramos, qué onda, chale, era un retén, y yo que estaba a punto de decirle a la morra que se orillara.

Eran judiciales, preguntamos ¿Qué pasó, de qué se trata?, respondieron que nos calláramos el hocico, pensé que iban a decir Faltas a la moral o esos rollos, pero nel, no habían visto nada; luego nos bajaron del Shadow y nos separaron, ya sabes, con su estilo, a Fabiola la dejaron cerca y a mí me llevaron con el comandante, un bato acá, grandote y grueso; yo, ya me ves carnal, mido uno setenta y peso unos setenta y cinco kilos, es lo que he pesado siempre, ya sabrás cómo me veía junto a aquel gorilón, estaba junto a una picap negra muy parecida a la del Willy. Identifícate, pidió el bato, ya ves cómo hablan, dije yo, voy a seguirle el rollo a este cabrón, No pues, no traigo, y de verdad no llevaba, esas cosas que pasan carnal, ¿Cómo que no traes identificación?, a ver, pásale báscula, ordenó a un achichincle que lo hizo de volada sin encontrarme nada, buscaban armas, pero yo cuando iba con la Charis lo hacía desarmado, a ella no le gustaban y para no estar contestando preguntas mejor dejaba la pistola en la casa, ¿En qué trabajas?, gritó el bato, y ya no me estaba gustando, ¿Qué buscas?, dije yo calmado, no quería enojarme, En qué trabajas, pregunté, dijo el bato en el mismo tono, chale, No tienes qué gritarme, le reclamé, No estoy sordo, ahí se me dejó venir encima, Muy machito, eh cabrón, tienes muchos huevos, ahorita yo te los bajo, órale, también el achichincle estaba sobres, pero antes de que el comandante me tocará le atice una patada en los huevos que no se la andaba acabando, se dobló bien machín y le arrebaté el cuerno con el que desde un principio me expresaba su poder, ya ves que todos los comandantes traen uno, pues se lo quité y con él de volada cinché al achichincle, Si te mueves te chingas güey, tira el arma y alza las manos, le grité y solté una ráfaga de aquéllas, luego me fui con el comandante y lo enderecé, estaba bien sudado. ¿Viste bien cabrón?, esa es mi identificación, y volví a disparar, ahora a las llantas de la picap, Por si no te has dado cuenta soy agente de Gobernación y te vas a callar el hocico y vas a decirle a tus hombres que no hay pedo y que dejen de molestar a la muchacha; todo fue muy rápido, pero de todas maneras aquéllos cabrones se cabrearon con los disparos, alcancé a ver cómo tomaban posiciones y pues estaba cabrón un agarre con todos, a poco no, el bato les gritó que tranquilos, que todo estaba en orden, pues sí, era puerco pero no trompudo, Órale ahí, le dije, Ahora nos vas a acompañar, dile a tus hombres que te esperen, que somos compas, que no hay pedo, el bato obedeció, antes le había cinchado la fusca y se la devolví para fintar a sus achichincles pero sin cargador. Nos subimos al carro y Fabiola no podía arrancar, ya ves que los automáticos no arrancan en cambio, entonces lo puse en neutral y nos largamos, dos calles adelante bajamos al judío, le quité el cargador al cuerno y se lo devolví, Órale bato, le dije, Aliviánate, ahí nos vidrios, Sobres, contestó, ¿Puedo saber cómo te llamas?, Simón, ahí me mandas una tarjeta en Navidad, di un toquecito a Fabiola en una pierna y salió disparada, en cuanto nos alejamos un poco de aquel bato empezó a llorar, chale, ¿por qué las mujeres son así? Se la pasan presumiendo que son las más fuertes, las más acá y después de cualquier numerito se sueltan chillando que no hay quien las soporte, chale, yo trataba de volver al principio, Qué onda mija, calmada, no ha pasado nada, mientras pensaba, Si esta ruca es de las que se excitan con el peligro esto se va a poner de pelos, pero nel, entró a la primera gasolinera que encontramos, llenó el tanque y cuando salimos preguntó que dónde me dejaba, que le dolía mucho la cabeza. Ese es otro rollo, ¿por qué a las mujeres siempre les duele la cabeza?, chale y yo que pensé que la íbamos a armar gacha, no pues, nos fuimos derechito a la col Pop, al cantón de mi amá, cuando llegamos ya se había tranquilizado, ¿Cómo la ves?, preguntó, ¿Iré a tener problemas?, No tienes por qué, Seguro tomaron las placas de mi carro, Le pediré a un amigo que no te molesten pero por sí o por no, no lo saques en un par de días. Luego se quedó calladita, mamacita, qué buena estaba, cuando abrí la puerta del carro se me quedó clavos, ¿Qué onda, Yorch, en realidad quién eres, qué pasó en el retén, exactamente en qué trabajas en el gobierno?, Soy jefe de intendentes, mucho gusto y muchas gracias por el raite, me bajé de volada y le toqué a mi amá que me abrió qué onda, como si me estuviera esperando, ¿Quién es, hijo?, Fabiola se iba yendo, Una amiga del Fito y de la Charis, ¿no han llamado de México? No, la que ha llamado dos veces es la Charis, ¿qué no andabas para su casa?, ¿Qué quería?, de ahí vengo, No me dijo, sólo que le llamaras cuando llegaras, como hace que no veo a esa mujer debe estar bien grandote

98

su hijo, ¿cómo está?, Bien, dicen que les va muy bien y el niño juega futbol, ¿Quieres cenar algo?, tengo taquitos dorados, No es mala idea, entonces sonó el teléfono, mi amá descolgó, Ya llegó, dijo, Ahorita te lo paso, me hizo señas, Es la Charis, tomé el aparato, Qué hongo, quería saber qué onda, qué hueva explicar lo que sea cuando las mujeres preguntan así, chale, le conté que fuimos a la gasolinera, que encontramos un retén donde tuvimos un pequeño altercado que posiblemente hiciera alucinar a Fabiola, pero que no le hiciera caso, que no había pasado nada, ¿Y el Fito?, De Chupafaros, que habían ido por él sus amigos, que si no se me antojaba, le dije que sí pero que ni modo que qué, ya no era como en México que vivíamos en el mismo edificio, si no iba yo iba ella y órale, a como te tiente, y quedamos que al día siguiente, después de sus clases. En cuanto colgué mi amá me pasó el rollo de que había ido a buscarme el Willy, que al fin había llevado a su morrita y que al otro día iba a llevarla de nuevo, Ni parece hija de él, dijo mi amá, Pero su mujer es muy guapa, lo que sea de cada quien, y me echó el rollo de cómo se la había conchabado, mientras yo pensaba, Chale con este bato, como si me gustara mucho oler talco o escuchar plebes chillando, pero no dije nada, estaba dispuesto a pasar el trámite con tal de que le echara una mano a Fabiola. Marqué el teléfono que me dio pero no estaba, dejé mi nombre para que se reportara y me puse a cenar.

¿Qué onda, no te gustaron los tamales? No te detengas carnal, ahí tengo más yerba clavada, lo que no tengo es coca, ya te dije, es muy cara esa madre y pues ya ves cuánto nos pagan aquí, pero yerba, simón, sí tengo. Siguiendo con mi rollo al día siguiente el Willy me cayó como a las doce, Qué onda mi Yorch, qué patada, traía a la morrita, Aquí te traigo a mi hija bato, para que la conozcas, no pude venir más tempra porque hubo un desmadre anoche y me poncharon la camioneta, Me contó que mientras él y otro fueron a recoger un guato de coca a la gasolinera de Chávez, unos cabrones locos habían atacado el retén y no los habían podido cinchar, y que el comandante, mejor conocido como el Vikingo, andaba como agua para chocolate porque le había tocado la peor parte, era un rollón carnal, luego se clavó en su morrita, ¿Cómo ves a mija, verdad que está bien bonita?, Simón, se parece a su padre, pero en los codos. Agarramos cura un rayo con esa onda, Oye Willy quiero que me hagas un paro, Lo que digas, mi Yorch, ya sabes, y le conté la otra versión de la ponchadura de su picapón negro, no se la andaba acabando de sorprendido, dijo que estaba bien grueso lo del carro de Fabiola pero que iba a hacer todo lo posible. Ahí supe que el polícia que había golpeado era el consentido de los narcos y que era muy vengativo, chale, por eso te decía que tenía un pendiente en Culiacán, y la neta carnal, ese incidente tan pendejo iba a complicarme toda la machaca bien machín, chale.

9

Estaba ya sabes, mi único vicio, echándome una coca con galletas pancrema cuando sonó el teléfono, le bajé al estéreo donde escuchaba *¿Has visto alguna vez la lluvia?* con los Credence y contesté. Estaba en mi casa del Defe esperando que llamara el jefe H, Diga, era el Veintiuno imitando la voz de Paul Gabriel, un cantante mazatleco; chale, qué bato más carrilludo, de volada pensé en la corbata pero me dije Nel, no le pregunto ni madres, no estaba dispuesto a permitir que se metiera en mis asuntos, pues sí ni modo que qué, pero le seguí el rollo, ¿El señor Jorge Macías? Preguntó el bato bien acá, ¿Quién le llama? Paul Gabriel. Pinche Veintiuno, le estaba saliendo igualita la voz, y yo clavado en la Biblia siguiéndole la onda, A sus órdenes señor, Le hablo porque me lo han recomendado muy bien y necesito sus servicios para resolver un pequeño problema, Los pequeños problemas son mi negocio, señor y nada me gustaría más que ayudarlo, lo admiro mucho, lo he visto varias veces en el Bora Bora y es usted el mejor, pero de momento me es imposible, te digo que estaba yo prendido, Señor Macías, estoy destrozado, mi carrera está en serio peligro, lo necesito, lo necesito mucho, Lo siento de veras señor Paul Gabriel, pero ahorita no puedo, Ay señor Macías usted es un hombre malo, ¿por qué no me quiere ayudar?, No es que no quiera, de veras no puedo, ¿Y cuándo podría, digo, si es que va a poder algún día?, pinche Veintiuno, estaba loquísimo, En un mes más o menos, Le parece que lo busque después de ese tiempo? Con ganas de decirle Búscame cuando quieras, que yo te voy a buscar después del 22 para que me pagues el resto, ¿De veras no podría hacerme un campito?, No puedo, Entonces lo buscaré dentro de un mes, hasta luego señor Macías, colgó, y yo agarré cura; como te dije, el Veintiuno se la sacaba para eso de imitar voces; pensé, Este cabrón ahorita vuelve a llamar muerto de la risa y me va a cotorrear, luego va a preguntar que cómo va todo, por qué no me había ido a Culichi, por qué no le había llamado a Elena Zaldívar, chale carnal, parecía que lo estaba oyendo, pero no llamó, sabe por qué.

Volví a la sala, donde había estado viendo las fotografías de los zapatistas, oye qué feo estaba el subcomandante Lucas, no me explico cómo un montón de viejas andaban que se quemaban por él, que muy varonil, muy acá, la madre qué, estaba más feo que pegarle a Dios en viernes santo, a poco no, yo creo que por eso usaba el pasamontañas; y otro carnal, un tal Comandante Guzmán, tenía una mirada de fiera enjaulada que no se la andaba acabando, por eso digo yo que don Abraham Malinovski tenía razón cuando decía que se trataba de una sarta de malandrines que había que meter al bote de volada; el tercero se llamaba Ticho y era un bato que se parecía un resto a mis huesos, chale, era la primera vez que me pasaba, tener que darle cran a un güey que se me parecía, con tal de que no resultara de mal agüero, todo estaba bien.

Carnal dame chanza, voy a abrir ese paquete de galletas pancrema. Oye dime una onda, ¿te gusta la coca con galletas pancrema? Porque yo, es neta, ya ves, ese sabor machín, acá, que hacen lo dulce y lo salado siempre me ha matado. ¿Sabes cuál iba a ser mi identidad en la selva Lacandona? Héctor Rochín, reportero de *El Financiero*, un periódico que en mi perra vida había leído, ¿tú sí? Pues yo tampoco lo conocía, en el sobre que me dio el jefe H venía una credencial bien acá, machín, y un gafete, para que me acercara sin problemas al subcomandante Lucas y le hiciera su entrevista, ¿Cómo va el rollo, subcomandante?, bien chilo. El Cifuentes me había dicho que el futuro de Lucas y de Chiapas dependía del señor presidente, pues sí ni modo que qué, sin embargo ahora dependía también de mí, a poco no, yo tambor estaba en la polla, y alégale al ampáyer.

Mientras leía que a Timoteo Zopliti lo encontraría en el puesto número 27 del mercado municipal de San Cristóbal, me acordé de la Charis, que siempre me acusaba de ser víctima de las aguas negras del imperialismo yanqui, Órale, le decía yo, pero bien que me sigues el rollo, aunque a decir verdad a ella le gustaba más la cerveza; pero lo que es a mí, una coca con galletas pancrema a veces me sabía mejor que un gallito, ¿qué onda, no?

Estaba bien acá, contando la lana que me había dado el jefe H cuando llamaron a la puerta, ¿qué onda, quién será? Es lo que siempre se pregunta uno, a poco no, guardé todo en chinga no fuera a ser el diablo, me fajé la Beretta y fui a abrir, vi por el ojo de la puerta y era Lupita, pinche Lupita, ¿qué querría tan tarde?, a lo mejor había empeorado su morrita y necesitaba otro aliviane, pobre morra, ¿Quién?, pregunté, La vieja Inés, contestó, le hice al loco y volví a preguntar, ¿Quién?, y entonces ella, ¿Quién crees?, Mmm, dije yo, esta morra no viene por su hija enferma, y así fue, traía un vestido rojo que no se la andaba acabando, apretadito, muy bien peinada, maquillada, bien acá, ¿que esa morra trabajaba de mesera en El Famoso? Qué andas haciendo, parecía artista de cine con su vestido a media pierna y ajustado, Órale dije yo, tal y como me las recetó el doctor. Pasó, dijo que su niña se había aliviado, y como sabía que yo estaba tan solo, tan solito que me quería ir a Cuernavaca, se había dejado venir a hacerme compañía, ¿Voy bien o me regreso?, preguntó, y me hizo una caricia en la cara con su mano perfumada, No, pues, ya estás aquí, ¿y esa bolsa tan grande?, Traigo el uniforme, de aquí me voy a trabajar mañana, O pasado mañana, O a lo mejor ya no me voy, Mijita, eres de las que les dice uno mi alma y ya quieren su casita aparte, ¿Tú me invitaste, sí o no?, Simón, nomás después no me salgas conque Bien me lo decía mi madre, con ese cabrón no te metas, A poco muy sabroso, Ahí nomás pal gasto. Empezamos a cotorrear bien machín, le serví una cuba y se quitó las calcas, dijo que le dolían, que tenía un callo, nos sentamos en el sofá y se me acurrucó machín, ¿Qué onda morra? Tenía ganas de sentir el olor de hombre, ese olor tan especial que tienen los hombres, a sudor, a guardado, a humo, fuerte, huelen muy diferente a nosotras, un hombre llega y se sabe por el olor, llega una mujer y se sabe por el perfume, Estás bien pirata, le dije, ¿Que pinche salivero es ése?, Nomás lo que te digo, tenía ganas de hombre, porque sigues siendo hombre, ¿verdad? Qué pasó, qué pasó con ese respetillo, y me empezó a acariciar muy despacio, a esa morra le gustaba así, que la dejaras acariciar, y lo hacía lentamente, como si tuviera todo el tiempo del mundo, imagínate loco, yo andaba bien ganoso, pos no me la andaba acabando, de volada me puse como treinta, y pues la morra me decía que aguantara, que aguantara, pero qué iba a aguantar, hay ciertas ondas que uno es incapaz de hacer, a poco no; total nos pasamos la noche platicando y cochando machín, acá, como cuando estás morro y te sobra leche. En cuanto amaneció peló gallo, El Famoso la esperaba y yo me puse a pensar en cómo administrar la quinina, qué onda, no creas que no me preocupaba ese detalle, los depositaba en un banco o qué, y la lana que ya tenía conmigo qué onda. Le podría hacer como el Cifuentes y otros, que tenían cuentas en Suiza, decían que ahí no pasaba nada, que pagaban muy buenos intereses y todo permanecía en secreto; tenía que ser algo así, una onda segura, pues sí ni modo que qué. Como quiera que fuera primero tenía que descabecharme a aquel bato, iría a Culichi, haría el jale en la cena de los empresarios, luego me iría a comer tamales de chipilín, plátanos fritos y mi arroz con leche para que todos creyeran que era chiapaneco; chale, no me la andaba acabando, pero bueno: por algo el jefe H había pensado en mí, a poco no.

Prendí la tele y puse *Al despertar*, chale, la apagué de volada, estaban pasando un rollo de Cuitláhuac Cardona y ya te dije, era un bato que me revolvía el estómago, sabía que la noticia duraba cualquier madre pero no estaba de humor para soportar pendejadas de justicia para todos, democracia ya y esas ondas que el bato se traía; es más, hasta me puse de malas, para calmarme me quemé un gallito y como le gustaba al Willy me eché un pericazo de aquéllos; el Cifuentes me había pasado un guato, como cuatro pedazos y me cayó de perlas; luego salí, caminé hasta Reforma a comprar mi boleto en una agencia de viajes. Varios batos me habían dicho que el Paseo de la Reforma es una de las calles más chilas del mundo y creo que tienen razón. Estaba de aquéllas, como si hubiera sido pintada por la Virgencita de Guadalupe. Había flores y mucho sol, ya no hacía tanto frío y las tolvaneras se habían acabado, sólo quedaba el esmog porque a ese cabrón no se lo lleva nadie. Me regresé por Lafragua caminando acá, calmado, como quien dice mamándome el ambiente, no sé si sepas, por ahí está el edificio de la CTM, ah pues de ahí salió un carrote de esos que parecen lanchas, nomás le faltaba el nombre: *La Consentida, La Malpagadora, María del Rosario;* lo manejaba el líder del PRI aquel que mataron, ¿te acuerdas?, que se hizo un desmadre, no recuerdo cómo se llamaba, el bato iba solo, sin escolta, dije yo, Este cabrón va listo pa que le pongan machín, y ya ves, unos meses después, ñaca, le dieron cran ahí mismo donde yo lo vi salir.

Llegué al monumento de la Revolución y me arrané por ahí a que me diera el sol, como siempre era un desmadre de carros y de gente. Yo me iba esa noche para Culichi a bajarme un bato, pero esa gente que llenaba las calles de la ciudad qué onda, ¿en qué la rolaban, a dónde iban? Estaba alucinando en este bisnes cuando se me acercaron dos batos, en cuanto llegaron me enseñaron fileros y me quisieron cinchar, Órale, suelta la lana pinche indio patarrajada, esto es un asalto y no grites hijo de la chingada sino aquí te lleva; Órale, pensé, qué mala onda, tan bien que estaba. Les dije ¿Cuál lana?, mientras me abría la chamarra y dejaba ver la cacha de la Beretta, Y ábranse de volada sino quieren que me los baje aquí mismo, par de pendejos, no les terminaba de decir cuando ya iban en el frontón México, chale, qué desmadre de ciudad, no podía un ciudadano común y corriente sentarse por ahí a wachar el paisaje urbano, como dicen, porque ya lo querían bajar. Aunque en algo tiene que chambear uno, ¿verdad?. Ahí me acordé del Willy, de cuando recién llegamos al Defe y varias veces tuvimos que asaltar raza para soletear, cuando la jaria nos mataba; ahí vamos yo y el Willy a bajar al primero que se presentara, nunca nos dimos de hocico como les acababa de pasar a aquellos morros, para ser un buen asaltante hay que ser muy trucha y no sacarle al parche ni ponerse nervioso, ¿a poco mi pistola no podría ser de plástico? Lo que pasó fue que los batos llegaron temerosos, me vieron medio indio, así como soy, han de haber dicho A este pinche indígena ahorita lo bajamos del macho, y se dejaron venir, nunca imaginaron que les saldría con premio, y no era la primera vez que me pasaba una onda así, seguido me querían agandallar y siempre con el mismo rollo, la gente es muy cabrona con los indios, no quiere a los prietos menos a los indios. A mí por culpa de mi facha me han tratado muchas veces como perro, yo creo que por eso no quiero a los indios, pues sí ni modo que qué; pensaba, Ahora que voy a descabecharme a estos cabrones de Chiapas al primero que me voy a bajar va a ser a Timoteo Zopliti pa que no se ande portando mal, en cuanto me ponga en la pista para llegar al campamento de los zapatistas le diré, ¿Sabes qué, Timoteo Zopliti?, nada personal bato, pero hasta aquí me sirves, ahora debes reunirte con tus antepasados, y rájale, a como te tiente.

Cuando iba caminando por la avenida Juárez hacia la Lotería Nacional me acordé que Juárez era indio, que cuidaba borregas mientras tocaba la flauta bien machín, luego fue presidente, qué onda, ¿qué hizo Juárez por los indios?, esa era una pregunta para el Chupafaros, lástima que no lo fuera a ver, esa noche iba a llegar a Culiacán pero me iba a dedicar a otra cosa, pues sí ni modo que qué; lo que me dolía un poco es que no iba a ver a la Charis, y es que yo, neta carnal, viendo a la Charis, no pues, haz de cuenta que miraba a Dios; a lo mejor me animaba a echarle un lente de lejos, podría rentar un carro, ir a la escuela donde daba clases, estacionarme por ahí y wacharla salir o entrar, y ya entrado a lo mejor hasta le hablaba. Me acordé de Fabiola y de su bronca, ojalá que el Willy la haya resuelto. ¿Buscaría a Fabiola? Nel, a mí esas calenturas se me pasaban de volada, y si me la encontraba, con su falda corta, su cuerpo acá, su coquetería y me volvía a ofrecer un raite, ya veríamos, pues sí ni modo que qué. Compré *El Financiero*, primero para ver si existía, y segundo para ver qué rollo, luego me fui para el cantón; después de un vaso de coca con galletas pancrema me eché una pestaña, tenía tiempo antes de ir al aeropuerto.

10

Después de la bronca con el Vikingo, más o menos el 20 de enero, regresé al Defe. Ya no me sentía a gusto con mi amá, chale, un par de veces me había torcido echándome un gallo y pues no, no se me hacía onda. Además quería buscar al jefe H, digamos que se me había bajado el orgullo y estaba dispuesto a hacerme piedra en su oficina para ver qué onda, pues sí ni modo que qué; no es que me faltara lana, ya te dije, me falta ahora pero es otro rollo, lo que me faltaba era el calor del poder, carnal, saber que nadie se iba a atrever a levantarme la mano, quería sentirme acá, chilo. El jefe H me había dado cualquier cosa para el viaje a Chiapas, digamos que apenas para los gastos, pero qué onda, se me había restituido el poder y la capacidad de chingar, y pues no me la andaba acabando de contento. Cuando le hice el numerito al Vikingo sentí que algo me faltaba, era eso, estar en el ajo. Quizá eso también influyó para que me largara pal Defe. El Willy me la pintó muy negra, algo así como que meterse con ese bato era meterse con los narcos y esa onda a mi nunca me pasó, nunca quise nada con ellos porque ahí son broncas de familias, te bajas un cabrón y luego es una mancha de jodidos la que te la quiere hacer gacha, además, varios de mis compas le entraron al negocio, como le dicen, y así les fue carnal: un desmadre, casi se acabaron la clica. Fíjate nomás, entrando y entrando se descabecharon a Miguel el del abarrote, luego siguió José el de la calle Doce, al Calacas lo mataron en Los Ángeles, al Bitle en un restorán y a seis o siete más, chale, puro bato felón, acá, batos que no se abrían aunque les estuvieran partiendo su madre; viendo tendido al Bitle y al Chorejas juré nunca meterme con narcos y lo cumplí, pues sí carnal, ni modo que qué, la raza es la familia, a poco no, además hay otro rollo, muchos siguen ahí, hasta un pariente anda por ahí haciendo de las suyas; imagínate, te encargan un jale y resulta que al que te tienes que bajar es de tu raza, no pues no, hay que ser puerco pero no trompudo, en fin, que en este oficio la lana sale como quiera. Yo no sé qué le pasa a la gente porque neta carnal, no se quiere ni sola, chale, siempre están queriendo quitar a alguien de enfrente, alguien que les estorba, y ahí es donde nosotros nos vamos grandes; por eso te digo, nunca me faltó chamba sin necesidad de meterme con narcos ni con mujeres ni con curas. Con los políticos es otro rollo, ahí se descabechan a uno y los otros negocian, casi siempre saben de donde les llegó el chingazo y con quién hay que ponerse de acuerdo, a poco no, ahí no hay bronca. En cambio los narcos sólo contratan gatilleros cuando la bronca está muy gruesa y no les conviene arriesgar a su gente. ¿Por qué no le entré al narcotráfico? Creo que me agüité con los muertos y también porque me fui para México, dizque a estudiar.

El día que el Willy me llevó su morrita me pidió que la bautizara, ¿Sabe qué, mi Yorch?, llegó el momento de ser compadres, quiero que bautices a mi morrita; y yo, Chale con ese bato, qué fuera de onda anda, no sólo no malicia que no me interesa su hija sino que de pilón quiere que le eche el agua, además no hay compadre que no haga daño. Después de que le conté que yo solito se la había hecho gacha a su jefe se quedó callado, qué onda, luego me dijo que ése era el bato al que le había hablado de mí y que lo más seguro era que no me olvidara en toda su vida, Simón, le dije, Pero no te agüites, a veces uno pierde y otras deja de ganar, Órale, sólo que no sé, me pasaba la onda de que fueras mi acople en este rollo, ya te dije, no me va tan mal, Gracias loco, pero también yo ya te dije: ahorita no necesito jale, estoy de vacaciones, Pues ya se te acabaron, tienes que ponerle machín ahora mismo, sino se te acaba el corrido pinche Yorch, seguro el Vikingo ya anda tendido tras tus huesos y si te agarra, neta loco, no quisiera estar en tus zapatos, Pero no me va a agarrar, pensé, aunque no dije nada, me quedé clavado en la morrita y la compadecí, tener que soportar toda la vida la peste de su padre, chale, pobre morra, qué culpa tenía la pobrecita. El Willy se dio tinta de que la estaba wachando y le gustó, Va a ser bonita carnal, ya lo verás, Simón, le dije, ¿y sabes qué pasó?, la morrita se rió conmigo, y neta que sentí algo extraño, Ándese paseando, dijo el Willy, Es su tío mija, su tío Yorch, el que va a ser su padrino, y le hizo una serie de gestos más raros que creí que se iba a asustar y a soltar el llanto, pero no, siguió con su risita y el Willy más prendido, neta que estaba de no creerlo: un bato gandalla, zorro, golpeador, gatillero, bajador, drogo gacho, apestoso, ahí nomás convertido en una perita en dulce, estaba de no creerlo, a poco no; y la morrita como loca. Nunca me he olvidado de ese momento, de su sonrisa acá, machín. El Willy después insistió en que me tirara a perder, que si quería él me llevaba al aeropuerto, que no saliera de la casa, ¿Pues qué el Vikingo es dueño de la ciudad o qué?, No le busques mi Yorch, yo sé lo que te digo, Órale ahí, no se hable más. Ya me sentía como en las películas donde hay un desmadre en un pueblo, llega un bato desconocido que se enfrenta al gran gandallón hasta que pone todo en su lugar; nomás faltaba que se presentará una morrita acá, para estar completos; visto así, la Fabiola podría haber sido la morra, ella estuvo metida en la bronca también y no hacía malos quesos. Te llevo al aeropuerto, insistió el Willy, Nel carnal, gracias, me va a llevar Marcelo, nunca lo había visto tan temeroso, él, que podía caerse el pinche mundo y seguía tan campante, pensé en lo que ya te dije, que no hay bato que no termine de comemierda, todo jodido, debiendo hasta la camisa, chale, qué mala onda, y ahora era yo el que se acordaba de cuando éramos morrales y la rolábamos machín, de cuando íbamos a

114

rompernos los hocicos con una alegría que no nos la andábamos acabando, íbamos por la calle dándole carrilla a lo que fuera, wachando las morritas, haciendo enojar a las mamás y más todavía a los papás que no querían dejar de hacerla de macizos, muchos de ellos que habían sido pachucos, qué pasó mi ésele, en sus tiempos de morros, no soportaban nuestro rollo; mi apá por ejemplo, se la pasaba haciéndomela cansada, que córtate el pelo, no llegues tarde, no andes peleando, busca trabajo, cómo vas en la escuela y así, chale, como si él no hubiera sido machín en sus tiempos, como si no hubiera usado acá sus zut zuit y éso, chale; el ruco nunca agarró la onda, y menos cuando mis carnales eran tan calmados y mis carnalas andaban de novias con niños bien.

Me acuerdo que no siempre nos gustó arranarnos en la esquina, ya ves que la esquina es como la segunda casa de la clica, ahí donde uno soltaba sus penas al viento, como decía una canción, y había quien te oyera. A nosotros nos gustaba mucho irnos de patas de perro, andar por ahí wachando el punto, luego nos íbamos a otros territorios a buscar camorra o a meternos a los borlos. Muchas veces nomás la rolábamos agarrando cura entre nosotros mismos, era cuando le cantábamos al Willy «Yo tenía mi cochi cuino, yo no lo quería vender, un amigo me ofrecía, cien pesos y su mujer, cochi cuino cuino cuino, cui, cui, cui, cui». Bien machín, ya ves cómo es la raza, le dábamos un carrillón que no se la andaba acabando, y el bato apechugaba, ah, pero no se les ocurriera a

otros cabrones hacer lo mismo porque ya estábamos
sobre ellos, y la armábamos en grande, no creas que
cualquier bronquita ahí nomás, nel ni madres, vola-
ban pelos, pues ve si no, en vez de ser los Bucaneros
como a nosotros nos gustaba, nos decían los apesto-
sos, chale, y no había perfume que contrarrestará esa
madre. Ultimora me sirvió esa onda carnal, ya ves,
puedo trabajar aquí en el drenaje sin mayor bronca,
no hay mal que por bien no venga, como decía mi
amá. Total, me acordaba yo de todo eso mientras veía
al Willy hacerle al loco con su niña, neta que se veían
como en la película de *King Kong*, ¿te acuerdas? Ella
una pringuita así, y él tamaño gandallón, al cabos casi
ni ridículo se miraba el bato, chale.

Como te dije, mi amá me había contado ya la historia rómantica en que el bato había conseguido mujer: un día una partida de judiciales, el Willy entre
ellos, fue a la sierra a hacer una colecta, era diciembre
y querían completar su aguinaldo, órale, es una onda
que se vale, lo malo fue que no encontraron a ningún
pez gordo, qué onda, dijeron los batos, ¿qué hacemos?, entonces, ya estaban allá, nomás pa ver qué
salía le cayeron a un bato que había sembrado mari-
guana hacía como doce años y se la hicieron cansada,
Ya todos cooperaron, le dijeron, Nomás faltas tú, no
pues, el ruco se escamó qué onda, dijo que estaba limpio, que ellos bien lo sabían, Nosotros no sabemos
nada, le dijo el Willy acercándose, Tú móchate y ya,
pero el señor insistió, De veras mis jefes, luego de
aquella vez que sembré, malhaya la hora en que se me

116

ocurrió, no lo he vuelto a hacer y de eso hace ya doce años, de veras, por esta cruz bendita juro que no he hecho nada que esté fuera de la ley. Muy convincente el señor, sólo que todos dicen lo mismo y eso cualquier tira lo sabe, y aunque sea cierto no lo cree, y ahí estaba el Willy, al que le encantaba el desmadre y quería hacer méritos y que su jefe Vikingo lo viera felón, Que te moches viejo cabrón, y le atizó un golpe seco entre los ojos y arriba de la nariz; el viejo empezó a sangrar machín, entonces rogó que lo dejaran tranquilo, dijo que no tenía ni en qué caerse muerto, que estaba muy jodido, que no sé qué, el Willy que era pinto viejo wachó el cantón buscando qué agandallar y lo único que encontró por allá en el fondo fue a una muchacha que estaba muy asustada y temblando, órale, se dijo el bato, de aquí soy, y le soltó al viejo en su jeta, Pues si no tienes dinero nos vamos a llevar a tu hija, Pues si con eso se arregla el problema, llévensela, dijo el viejo, Estoy harto de que nomás se les pone vienen a buscarme; el Willy miró a sus compañeros que sonreían acá, qué onda pues, bato, y fue hasta el rincón donde se hallaba la morra, ella no gritó ni nada, nomás lo miró suplicante a los ojos; tenía los ojos verdes carnal, y el pinche tragaldabas del Willy que fue por lana salió trasquilado, chale, no se la andaba acabando, el bato en vez de jalarla como se acostumbra, le agarró la baisa, bien acá, chale, los otros no se la acababan de la cura que estaban agarrando, creían que el bato estaba cotorreando, pero qué va, estaba todo sacado de onda, algo que no le

había pasado nunca le estaba pasando y no sabía qué
onda, estaba como electrizado viendo aquellos ojitos
verdes, aquella cara tan bonita que hasta cambió la
lógica de su pensamiento, pues sí, el bato era puerco
pero no trompudo, y de volada agarró la onda de que
si se la llevaba todos se la iban a dejar caimán; Nel, ni
madres, se dijo el bato, a esta morra no me la toca
nadie y al que se aferre se le arranca, así que resolvió
dejarla, pero le dijo que luego vendría por ella, que
era soltero y que la iba a hacer su mujer y le prome-
tió que ya nadie iba a molestar a su papá. Claro que
de todas maneras la amenazó con sacarle las tripas si
huía, luego habló con el Vikingo, que no lo podía creer
y tampoco sus compañeros, Chale, ¿cómo así, pinche
Willy?, ¿de qué se trata?, Pues necesito mujer jefe y
esta morra me laica, la quiero pa mis huesos. Ándese
paseando, primero creyeron que los estaba vacilando
pero después agarraron la onda de que era en serio,
¿De veras? Preguntó el Vikingo tanteando el terreno,
el Willy se puso colorado, colorado, entonces el Vikingo no quiso saber más, sonrió y amenazó no sólo
a la muchacha sino también al papá: cuidadito y salie-
ran con su trastada porque se iban a ver bastante
malitos. Así fue como se amarró el Willy, según su
mamá que se lo contó a mi amá, que por cierto en ese
rato había tenido que ir al abarrote a buscar galletas
pancrema llevándose a la morrita, espacio que mi
Willy aprovechó para forjar el primero del mediodía
y comentar dos que tres rollos que le quemaban la
lengua, Mira carnal, me dijo, Yo sé que tú no le sacas

118

a nada, ni a mi compa el Vikingo ni a nadie, eres un cabrón de huevos, también sé que hace mucho traes tu rollo y que no eres cualquier baba de perico, neta Yorch, los mismos Dorados me lo decían: ese amigo tuyo está pesado, y me pedían que te invitara, que te ofreciera dinero, pero acuérdate Yorch, tú jamás quisiste nada con Los Dorados y después ya ni te veía, te abriste bien gacho, y bueno, era la de ahí, cada quien se fue por su lado y pues nos fue como nos fue; pero yo te tengo aprecio loco, es neta, y me agüita que te vayan a poner un cuatro, por eso insisto en que te vayas y así evitas que la bronca crezca; creo que el bato le sacaba a tener que elegir entre el Vikingo y yo. No te preocupes, dije, Mañana ya no me verás aquí, y le di el golpe al cigarro, Además ya se me acabaron las vacaciones, el lunes tengo que presentarme a trabajar, Órale, sonrió como diciendo A mí no me haces pendejo, pero tampoco me importa, y agregó, Si no te desafanas te voy a conseguir chamba en la municipal, Órale ahí, ahí te llevo con las influencias, estábamos agarrando cura cuando llegó mi amá, que la niña se había orinado que si no traía pañales, que no, Entonces llévala para que la cambie la madre, ordenó mi amá, antes de que se roce; el Willy se despidió de volada y salió disparado en el picapón, quemando llanta.

Esa tarde encontré a la Charis muy nerviosa, que la Fabiola había llamado y le había contado al Chupafaros una serie de exageraciones sobre mí que le habían generado gran sorpresa y preocupación, que lo menos que le había dicho era que yo estaba loco de remate, que a quién se le ocurría enfrentarse a la judicial; chale, pensé, la misma pendejada de siempre, eso me pasa por no habérmela dejado caimán, hubiera aprovechado que estaba como agua para chocolate, si no hubiera sido por el retén quién sabe qué hubiera pasado, de perdida la hubiera invitado a cenar. Total le dije a la Charis que todo era pura imaginación de la morra, que no le hiciera caso. También le dije Vine a despedirme, ¿Ya te vas?, Sí, el lunes debo presentarme a trabajar, ella encendió un cigarro y fumó machín, yo la miraba bien acá, Me estaba acostumbrando a ti, y yo con ganas de decirle que una de las razones por las que me había quedado era para estar con ella, pero me aguanté, ya ves que a las mujeres no hay que decirles todo, pero sí le dije, Espero que vayas pronto para el Defe, porque lo que es yo no creo volver pronto, Si voy te aviso con tiempo para que me lleves a cenar y a Garibaldi, Y a los churros de El moro, ¿Quieres fortalecer mi nostalgia, verdad? Quiero que te sientas bien; chale, ya me estaba y me estoy poniendo romántico. Estuve un rayo con ella, luego me fui, no quería que me encontrará el Chupafaros, pues sí ni modo que qué, y al día siguiente volé al Defe.

11

Era de noche cuando llegamos a Culiacán, ahí donde casi no hay viejas buenas, la raza se paró de volada y empezó a sacar sus cosas a pesar de que la azafata había dicho muy claramente que todo mundo permaneciera en sus asientos hasta que el avión estuviera completamente inmóvil; sin embargo toda esa prisa fue inútil carnal, en cuanto el avión se detuvo la señorita solicitó que permaneciéramos en nuestros lugares porque habría una inspección de rutina de la policía judicial, Órale, pensé, ahí los llevo con el paro, y se me ocurrió que en caso de ser necesario usaría la credencial de *El Financiero*, al que por cierto ya le había echado un lente: qué periódico más feo carnal, puros números, rollos de economía, sin nota roja y además, chale, no se la andaban acabando con la selección nacional y con el señor Mejía Barón, no los querían ni tantito.

La raza se sentó de malas, subieron los tiras y ¿quién crees que venía al mando de la perrada, carnal? Pues sí, ni más ni menos que el pinche Vikingo, chale, no me la andaba acabando, ahora que necesitaba más que nunca pasar desapercibido y este cabrón

tan cerca, por eso digo que el mundo es muy pequeño, a poco no. De volada busqué *El Financiero* y fin-
gí que leía mientras estaba con un ojo al gato y otro
al garabato. Lo acompañaban otros cuatro pero ninguno era el Willy, se movieron por el pasillo despacio, revisaron los compartimientos de equipaje con
detectores de metal, nos examinaron a todos y com-
pararon contra unas fotos que traían; afortunadamente el que me checó a mí no fue el Vikingo, que
estaba en la parte más próxima a la puerta, chale. Lo
del periódico no creas que llamó la atención, un resto de raza hizo lo mismo, es una onda muy quemada
pero ayuda, y neta, hasta parecía que habíamos ensa-
yado. Unos minutos después dieron por terminada la
operación sin molestar a nadie, el Vikingo echó una
última mirada barredora y desaparecieron. Ve tú a
saber, carnal, el hecho de que el consentido de los
narcos se quedara en la entrada lo hacía sospechoso
de no querer hallar nada, pero era su sistema y nadie
que no fuera policía y además tuviera experiencia en
esos trotes iba a detectar algo raro, y yo pues ni
modo que qué, tenía mi propia bronca: medio melón
de cueros de rana no se ganan así como así y menos
en esos días.

En el aeropuerto de Culiacán, como en los de
muchas ciudades, bajas del avión y caminas un trecho
para llegar al edificio donde está la banda del equipaje y la sala de espera. Ah, pues ahí te voy caminando
bien acá, tranquilo, sintiendo el clima en la feis bien
machín cuando se me plantaron tres batos enfrente,

eran tiras y dos de ellos habían estado en el avión, órale carnales, qué onda, creí que me iban a pedir identificación pero ni madres, A ver muchacho, dijeron muy acá, nos vas a acompañar, Y antes que pudiera preguntar de qué se trata, me cincharon, me encañonaron y me quitaron la Beretta entre los tres carnal, no me la andaba acabando, Si sales con tus chingaderas cuando menos uno de nosotros alcanzará a disparar, dijo uno que estaba muy nervioso y que identifiqué como el achichincle que había madreado en el retén; chale, de volada agarré la onda: pinche Vikingo, me había reconocido el hijo de su perra madre, Órale ahí, pensé, de manera que el bato sigue queriendo camorra; pero decidí llevármela calmada, pues sí, ni modo que qué, Señores, les dije, Seguro me están confundiendo, soy periodista de *El Financiero* y tengo permiso para portar armas, pero el achichincle me interrumpió, Cállate el hocico hijo de tu pinche madre y mueve las patas, si no aquí mismo se te acaba el corrido. Y chale, me golpeó en la clavícula y los otros oprimieron sus pistolas contra mi cuerpo. Mientras pensaba que debía comprar galletas pancrema para tener en el hotel, decidí no mover un pelo y me dejé conducir pacíficamente, pues sí, ni modo que qué. Me llevaron a las oficinas de carga, me metieron en un almacén donde me recibió exactamente quien estás pensando y chale carnal, el bato me miró burlesco, Mira nomás lo que tenemos aquí, al señor huevogordo, y me dobló de un chingadazo en el hígado con el cuerno para luego enderezarme con una patada en el cuello. Chale, me sacó todo el aire, Sabía que tarde o temprano te iba a encontrar, dijo el Vikingo, A mí el que me la hace me la paga hijo de tu puta madre, y yo órale carnal, todo jodido, tratando de jalar aire, Dijo que es periodista, le explicó el achichincle y me sacó la cartera del pantalón y se la pasó a su jefe. El bato se creció al ver mi credencial, también traía mi charola en la bolsa interior del saco pero jamás me registraron, Vaya vaya, se burlaba el bato, Héctor Rochín de *El Financiero*, ¿y ése qué periódico es, tú? ¿Realmente existe? Por fin logré respirar y decidí provocarlo, Órale pinche puto, ¿muy machito, no? ¿Por qué no me sueltas?, y es que los otros dos batos me tenían agarrado de los brazos, Suéltame a ver si es cierto que eres tan hombrecito, pinche puto, Puta tu pinche madre güey, ahí me quiso patear los huevos pero me moví y apenas alcanzó a pegarme en la pierna, con eso el bato casi pierde el equilibrio y trastabilleó, esto hizo que se encendiera bien machín y se me viniera encima a darme con el cuerno, con los pies, con lo que podía, como si se hubiera vuelto loco; chale carnal, de volada empecé a sangrar, Agente de Gobernación mis huevos hijo de la chingada, decía el bato enloquecido, A otro perro con ese hueso; mientras yo trataba de hacerme el fuerte, acá, machín, Yo la hago, me decía, Yo la hago, por más que me golpeé, este pendejo no puede con mis huesos, no puede, se está cagando de miedo, es un comemierda, un pobre pendejo al servicio de los narcos, un mandadero de los narcos, un bato piojo que le

124

lame las verijas a los narcos, él sabe que no la hace
con mis huesos, le saca gacho, por eso tiene a estos
pobres pendejos agarrándome los brazos, por eso;
pero me van a soltar, me van a soltar algún día y entonces sí, a como te tiente hijo de tu pinche madre,
no te la vas a acabar, te vas a arrepentir hasta de haber nacido, soy gente de mi presi, cabrón, y soy de
los mejores, de los tragaldabas del jefe H, agente especial, estaba en ese rollo, en ese alucine cuando vi
todo negro, chale, pero negro machín, en serio, no
creas que como la noche, o como la pintura negra
o como las llantas, nel, éste era un negro, no sé cómo
explicarte, un negro negro, negro de a de veras, el
caso es que ahí ya no supe qué onda, me desmayé
bien gacho, y cómo no, según supe después, el bato
me había pegado con el rifle AK en la cabeza, pues sí,
ni modo que qué, no soy de palo.

Me despertó el dolor. Una mujer, que era la doctora del aeropuerto, me estaba metiendo mano en las
heridas, me dolía tocho morocho, especialmente la
cabeza, bien gacho, me acordé otra vez de las galletas
pancrema, de volada pensé en un pericazo que me
alivianara pero mi guato estaba clavado en la maleta,
en eso oí que el Willy le preguntaba a la doctora si
tenía remedio y supe que el pericazo era una realidad,
Willy, le hablé, Qué onda carnal, ¿Qué patada, mi
Yorch, te dieron pa tus chicles, ¿no?, pero no te preocupes, no tienes nada, ya lo dijo aquí la doctora, y yo
clavado en la Biblia, Carnal, qué bueno que estás
aquí, dame un aliviane, ¿no?, Simón loco, nomás que

la doc te limpie la sangre, pero la doctora agarró la onda y dijo que ni madres, que lo que yo necesitaba era ir a un hospital porque había perdido como dos litros de sangre y que ya me había puesto una inyección para el dolor, Órale ahí, dijo el Willy, Está bien, lo que pasa es que el muchacho es adicto y todos los días necesita su gramo, usted sabe, por prescripción médica, y yo, Simón doctora, ¿y qué crees que pasó? Noombre, bien alivianada la ruca, dijo que órale, nomás que le diéramos algo para ella porque también andaba en las últimas, Ándese paseando, le dijo el Willy, qué se me hace que me la llevo, y ella, Qué se me hace que me le vengo, y yo, Órenle, de volada, no crean que me duele poco esta madre, y es que sentía como si me estuvieran trozando la cabeza, chale. Total, se armó, el Willy sacó el guato y ahí mismo le pusimos los tres. La doc, carnal, resultó ser pinta vieja, bien alivianada como te dije, cuando le estaba poniendo se le cayó un granito y lo recogió como si fuera oro, chale, pobre morra, no se la andaba acabando, se veía que sufría con su vicio, y yo carnal, qué mala onda, estaba sangrando bien gacho por la nariz. No se me cortaba esa madre, hasta tenía un tapón de algodón en una de las fosas nasales y por la otra estilaba bien gacho, así que ni modo, tuve que lamer la línea; lo menciono porque no me pasa de esa manera, luego siento que la lengua no me cabe en la boca. Total, de volada me empecé a sentir machín, y le pregunté a señas al Willy por el Vikingo, Se fue a descansar un rato, es que hizo bastante ejercicio, Chale, luego te paso el rollo y tú también me dices qué onda, qué haces aquí, Simón, luego como que me sentí en el lugar, waché un foco gacho que apenas alumbraba, sentí que estaba en un charco de sangre, mi lima estaba roja, mi saco todo manchado y la doc insistiendo en llevarme al hospital, Nel, decía yo, Willy, no me hospitalices carnal, no se claven, llévame a un hotel, ¿Hotel?, preguntó el bato, Estás loco carnal, quisiera que te vieras; ya ves cómo te pones de chupado cuando pierdes sangre, imagínate yo, con mi cuerpo, Vamos a ir al hospital, se engalló la doctora, aquí se va a hacer lo que yo diga, Ándese paseando, pensé yo, ésta es de las que pegan, y me acordé de la Charis, y ella, Ha perdido mucha sangre y puede sufrir daños irreversibles si no le ponemos plasma de inmediato, Loco, la apoyó el Willy, Hay que hacerle caso a la doc, no vaya a ser que te quedes tonto. Quise hablar pero tuve más ganas de quedarme callado y me callé, pues sí, ni modo que qué, de pronto oí las voces muy lejos, lejísimos, sentí que me alzaban y aunque no lo creas, distinguí el mal olor, Willy, alcancé a decirle, Mis cosas, carnal, No te preocupes, Yorch, aquí tengo tu cartera, sin dinero, claro, ¿Y mi maleta?, Luego la busco, no te preocupes. Nos subimos al picapón, la doc se fue con nosotros tapándome una vena rota, me llevaron a la clínica Santa María, la del corrido de Lamberto Quintero, ¿lo has escuchado? De volada me vi rodeado de médicos y enfermeras, me hicieron las pruebas para ponerme sangre, nomás que no me peguen el sida estos cabrones, pensé, porque enton-

ces sí no se la van a andar acabando conmigo, les juro
que les quemo la pinche clínica con todo y enfermos,
pues sí, ni modo que qué, ya ves que según dicen
mucha gente se ha infectado con transfusiones; el que
es puñal sabe su onda y corre su riesgo, perro que da
en comer huevos aunque le quemen el hocico, como
dicen; igual con el cogelón, pero uno que lleva una
vida buena onda y sin disipación, nel ni madres, y
menos por culpa de una clínica irresponsable, así
que como no queriendo la cosa le dije al médico que
tenía más cerca, Espero que no salga peor el remedio
que la enfermedad, Usted tranquilo, dijo el bato,
Todo va a salir muy bien; Como mi jale, pensé, y me
acordé de la Beretta, chale, qué onda, ¿se la habría
jampado el Vikingo o el achichincle? Pinches tiras, al
cabos ni gandallas son.

Antes de que me ingresaran alcancé a decirle a mi
compa, Willy, no le demos la lata a mi amá, no quiero que se entere. El bato se quedó acá, cabreado, qué
onda, luego dijo que como yo quisiera, ya parece
que iba yo a querer a mi amá ahí con lo preocupo-
na que es y queriendo saber qué onda, chale, y luego
a toda la familia haciendo más preguntas que los
batos de la Interpol, nel ni madres. Durante la noche
dormí a ratitos, me sentía muy jodido, ya ves cómo
te salen los dolores al rato de que te golpean, afortunadamente era jueves y tenía tiempo para reponerme.
Carnal, ¿te imaginas la cara del Veintiuno si se hubiera enterado del estado en que me encontraba? Chale,
no se la hubiera acabado, ya ves que el bato hasta

128

quería ayudarme a planear y me puso la corbata de estrellitas para que llamara a Elena Zaldívar, no pues sí, se hubiera ido de espaldas, a poco no. Pinche Vikingo, qué mala pata que me reconociera en el aeropuerto. Me acordaba de la Beretta, tenía como cinco años con ella y me sentía muy encariñado, esas ondas que pasan. Estaba en un cuarto para mí solo y me estaban metiendo sangre, de vez en cuando una enfermera wachaba las tripas y movía la bolsa de plástico en que estaba la sangre.

Cuando amaneció llegó más raza, hacían tanto ruido que parecía mercado, y una enfermera que tenía las chichis así de grandes, carnal, llegó a revisarme, Buenos días señor Macías, ¿qué le pasó?, mientras me enseñaba parte de aquellas papayotas, No pues, me atropelló el metro, respondí en buena onda y sintiendo cosquillitas ahí donde te conté. La desgraciada abusona me estaba provocando, Ay cómo será usted, señor Macías, aquí no hay metro, me dolía todo pero sonreí, ella agarraba cura machín y me informó que ya me habían puesto uno de los tres litros de sangre que perdí y que por la tarde me pondrían otro más. Órale ahí, pensé, suave, al cabos es viernes y yo trabajo hasta el martes por la noche, me echo el jale y me largo a Chiapas, donde al primero que me voy a dejar caimán va a ser a Timoteo Zopitli, ¿Qué onda mi Timo?, tuviste oportunidad de ser de los chilos pero chafeaste, caíste gachamente en la propaganda del subcomandante Lucas y ahora eres un traidor, así que, a como te tiente bato, tus antepasados te esperan. A lo mejor él era culpable de los batos que se habían descabechado, además, si el jefe H no le tenía confianza era por algo y si me había puesto al tanto de que no se la tenía también era por algo, a poco no.

Para ir a Chiapas tenía listo mi boleto de avión pero no estaba seguro de utilizarlo, ya ves cómo es ese rollo carnal, uno propone y Dios dispone. A lo mejor tenía que salir en batanga por el río Tamazula, corriendo por las colinas de San Miguel o en carro por la maxipista, chale; o a lo mejor ni salía, al cabos ni perros son los batos que cuidan a los candidatos; pero nel, esa onda no estaba en mi cabeza, a mí no me iba a pasar lo que al güey que se descabechó a Kennedy, que de volada lo apañaron, nel ni madres, o el que se descabechó a su carnal Robert, nel carnal; yo como el que se dejó caer a Olof Palme, ¿te acuerdas de ese bato? Llegó el compa, qué onda, pum pum, y órale, ahí nos vidrios cocodrilo, si te he visto no me acuerdo, y que quién fue, quién sabe.

Cuando terminaba de curarme la cabeza, la enfermera me restregó la punta de sus senos en la cara y sin decir agua va, que me baja el pantalón gacho ése que te dan en los hospitales, y yo más cabreado que, Eh, qué onda, Tengo que lavarle ahí señor Macías, dijo la cabrona señalándome los huevos, y yo, ¿Lavar ahí?, ¿qué onda, por qué?, Porque tiene sangre señor Macías y se le puede infectar, además tiene un morete muy feo en la ingle y por si no lo sabía, ya estaba tendida acariciándome la chola, Soy su enfermera de cabecera. Mientras me explicaba lo de la atención

personificada y esos rollos, me puso un trapo mojado en el pubis pero sin soltar la chola para nada, y
yo no me la andaba acabando carnal, Oiga, por favor, no me agarre el sexo, y ella lo empezó a limpiar
con mucho cariño, diciendo, ¿Por qué no, señor Macías?, no quiero que le vaya a caer una infección, esta
parte es muy delicada y hay que asearla muy bien,
chale, mejor me callé el hocico, pues sí, ni modo que
qué, además empezaba a sentir bonito, acá. De volada me acordé de la Charis, qué onda mija, pero
también de volada la borré de mi cabeza, es que cuando estaba con otra y me acordaba de ella no la hacía,
me friqueaba bien gacho; así que mejor me acordé
de la Lupita con su vestido rojo y sus zapatos chorrea-
dos, hasta de la Brenda Picos me acordé, esa vagina
con patas que quién sabe dónde estaría empiernada con el que se creía el guarura más guapo del mundo, o a lo mejor con el Cifuentes, que aunque dijera
que nel, lo claro era que sí, a poco no, la morra todavía le movía el piso. Traté de sentarme pero no pude, me dolía tocho morocho; intenté pensar en otra
cosa, me acordé de la coca con galletas pancrema,
Señorita, no sea así por favor, Usted no sea así señor
Macías, me cortó con una voz acá, haciendo la boca
chiquita, No le va a pasar nada que no le haya pasado antes, para esto la morra ya me la estaba pu-
ñeteando machín, y ya te he dicho que no soy de
palo, así que no me la andaba acabando, se me puso
como treinta y dije yo, ni hablar, si esta chichona
quiere practicar, órale, que practique, quién soy yo

131

para coartar su vocación que por lo visto es muy fuerte, con razón les gustaba tanto a los narcos esa clínica, imagínate, con ese trato; total, cerré los ojos y me dispuse a pasarla chilo, ahí si después necesitaba más sangre pues que me la pusieran, total, ya estaba ahí. Hasta los dolores se me habían olvidado cuando de pronto distinguí un olor que no se parecía a nada, un olor gacho, abrí los ojos y ya sabes, en el momento justo en que el Willy soltaba la carcajada, qué onda, de volada la pesqué, hijo de su pinche madre, la chichona también se estaba riendo, me la habían hecho gacha, chale. La chichona extendió la mano mojada con que me la había estado jalando para que el Willy le diera su lana, Servido Willy, dijo la morra, y el Willy muerto de la risa, Gracias Liz, estamos pendientes, Que sea pronto porque ando muy quebrada, luego se volvió a mí, Señor Macías, ya sabe: si necesita algo, nomás toque el timbre, y yo con ganas de decirle Vete a la mierda, pinche vieja lagartona, pero nel, nomás la miré acá, se fue agarrando cura y al Willy parecía que le estaban dando cuerda, risa y risa. Me puse serio, Qué onda pinche Willy, de qué se trata, No te agüites pinche Yorch, es pa cotorrear un rayo, Pues sí cabrón, pero me pones en vergüenza, No hay pedo, es una morra de mi barrio, le dije Oye cabrona, si se la paras a mi amigo te doy cincuenta pesos, y se los ganó, ni modo que digas que no, si hasta te tenía con los ojitos volteados, chale, y seguía retorciéndose de la risa, y yo con ganas de levantarme y romperle todo el hocico para que agarrara la onda; total, ni insistí, hay veces en que uno pierde y otras deja de ganar, lo bueno es que el mundo es redondo y da muchas vueltas. Ya más tranquilos le pregunté por mis cosas y dijo que ya estaban en el hospital, que la doctora le había ayudado a rescatarlas, Chilo, pensé, ya ves cómo son riñones los maleteros de aeropuerto y le planteé lo que me tenía preocupado, Te quiero pedir un favor muy especial, me bajaron mi fusca, una Beretta 92-F a la que quiero como si fuera mi hija, quiero recuperarla, tú ya sabes cómo se quiere a los hijos, el Vikingo o uno de los batos que iban con él anoche puede tenerla, el Willy dijo que simón, que iba a investigar pero que no me prometía nada, luego me la soltó, Lo que sí te tengo que decir es que el Vikingo te anda buscando, ¿Buscándome?, pero si ya me tenía, ¿por qué me dejó ir?, No sé cabrón, lo que sí sé es que anda clavado en la Biblia, anduvo preguntando en el aeropuerto, quiero que sepas que es un perro para rastrear, incluso le preguntó a la doc, pero ésta apechugó machín, la hubieras visto, dijo que no sabía ni madres, al principio a lo mejor se destanteó gacho, pues yo andaba con el Vikingo y yo sí sabía dónde estabas, pero como te digo apechugó, por esa buena acción la premié con un ochito.

No me la andaba acabando, me puso de malas saber que el Vikingo andaba sobre, eso podría afectar mi trabajo, ¿Sabes qué, loco?, sácame de aquí, desde un principio te dije que me llevaras a un hotel, Simón, te voy a llevar pero a otra clínica, todavía estás muy jodido, pero antes dime algo: ¿qué chingados andas haciendo aquí? Esta era la pregunta que esperaba, Quedamos en que no ibas a regresar en un buen rayo, Más chismoso el pinche Willy, había pensado responderle cualquier cosa, que me había equivocado de avión, que venía a cobrarle una lana a uno de mis hermanos, cualquier onda, sin embargo decidí jugar con fuego, esas ondas que se te ocurren y que a veces hasta te sirven, a mí, ya te dije, no me gustaba arriesgar, pero en este jale tenía que moverme en el filo de la navaja, además se trataba del Willy, a quien me unía una gran amistad, aunque como te digo, uno nunca sabe. El Candidato, respondí, se quedó pensativo, luego dijo ¿Qué onda con el Candidato?, Tú sabes, necesita quién le cuide la sombra, por cierto ponte truma por si te ocupo, Ya vas, pero por lo pronto te voy a llevar a otro hospital, Nel carnal, no te aferres, llévame a un hotel y que la doc me ponga el litro de sangre que me falta, No creo que quiera, cuando le di el gramo me dijo que la olvidáramos, que no quería broncas, si quieres le digo a la Liz, al fin que ya hay cariño, Tu madre, La tuya cabrón. Neta que ya me estaba encabronando de nuevo, qué onda, tanto pedo por un pinche litro de sangre, el mundo estaba lleno de cabrones a los que les faltaba no digo uno, sino hasta dos o tres litros y andaban tan campantes. ¿Sabes qué, Willy?, déjate de pendejadas y llévame a un hotel, ya no quiero que me pongan ni madres, y traté de pararme, carnal, bien prendido, con todo y dolor y tripas y vendas y todas esas madres que tenía puestas, pero me marié bien gacho y me tuve que volver a acostar, el Willy nomás me miró, le habló a la Liz, que me puso alcohol cerca de la nariz, me tomó la presión, me dio una pastilla rosa y dijo que no me moviera, y yo como agua para chocolate, nomás eso me faltaba.

Cuando la morra se fue, el Willy se aferró, Ya ves güey, te digo que estás jodido, no me quieres creer, al cabos ni carrilludo era el bato, Está bien carnal, pero déjame aquí, yo ya estaba craneando salirme cuando el bato se fuera, Estás loco, ¿qué tal si encuentran a la doc necesitada y le llegan al precio?, ya te dije bato, te voy a llevar a otro lado, a un lugar donde no te preguntan ni el nombre. Ya no quise discutir, después de todo a lo mejor el Willy tenía razón, y además me estaba entrando una hueva suavecita, acá, bien machín, Está bien, haz lo que quieras, ¿Traes billetes?, Simón. Me trajo la maleta donde yo traía mi clavo, investigó la cuenta, regresó con Liz, que me dio otra pastilla rosa, me vestí y entre los dos me subieron al picapón. Al rato ya estaba en un cuarto parecido, me conectaron la sangre, me eché un aliviane y me puse a esperar: ¿dónde estarían la Charis, mi amá, el Chupafaros, mis carnales, arreglaría el Willy la bronca de Fabiola, el Veintiuno qué onda? ¿Y Elena Zaldívar? En ese alucine me quedé dormido.

12

Había una ventana oscura, estaba a punto de acabarse la sangre que me estaban poniendo y ya me sentía mejor, hasta se me antojaba una coca con galletas pancrema; me acordé del candidato, realmente era un bato acá, simpático, buena onda, y si me lo iba a bajar no había nada personal, simón que no, nada que enturbiara la onda, porque lo que soy yo ni enemigos tengo y nunca le di cran a nadie porque me cayera gordo, nel, siempre trabajé para otros; sí es cierto que por mi cuenta me bajé a tres o cuatro, pero se puede decir que fue en defensa propia. El único que me descabeché por mi propia iniciativa fue al chino golpeador de mujeres, pero no fui yo solo, estábamos ahí todos los tragaldabas del jefe H, en el San Pancho, ¿te acuerdas del San Pancho, aquel cabaret que cerraba a las seis de la mañana y que tenía un ambientazo?, ah pues ahí estábamos toda la runfla de jodidos tirando barra, fuimos a dar ahí después de que cerraron La Castellana, y ahí rondaba mi compa chinito haciéndole al macizo con sus chacos; por cierto que con él estrené la Beretta, qué onda Fumanchú, así le decíamos y así lo saludamos, y el bato se arranó en nuestra mesa, a esa hora ya andábamos como arañas fumigadas, una morra se acercó a pedirnos un trago y el bato la madreó machín, era una morra que nos conocía, que de vez en cuando la armaba con alguno de nosotros, no pues, cinchamos al bato, Sabe qué mi compa chinito, vamos a ir por ahí a seguirla, acompáñenos; y nos lo llevamos, dos de mis compañeros lo querían bajar ahí mismo pero nel, no los dejamos, no queríamos broncas innecesarias; llegamos al río de Los Remedios, allá por la quinta madre, lo bajamos del carro, quiso hacerle al loco tirando patadas, pero nosotros que ya lo esperábamos arrancamos las fuscas y órale, a como te tiente; después nomás lo echamos al río para que se fuera a reunir con sus antepasados. Pero nomás carnal, los otros que me bajé fueron encargos.

Había un silencio profundo en el cuarto cuando entró la enfermera con un teléfono celular, qué onda, Señor, aquí no acostumbramos molestar a los pacientes, pero insisten en hablar con usted de parte del señor Willy, me pasó el teléfono, Qué rollo, Señor Macías, no soy el Willy, soy Liz, su enfermera, Ah, Liz, ¿qué pasó?, Es muy difícil que allí lo comuniquen a uno, por eso dije que era de parte del Willy, ¿Y no es de parte del Willy?, No señor Macías, conozco al Willy y supuse que lo había llevado allí, ¿ya le pusieron su sangre?, Sí, me han metido dos bolsas, creo que un litro, ¿en qué te puedo servir?, En nada señor Macías, o en algo si me da trabajo, le llamo porque a pesar de lo que le hice usted se portó muy bien conmigo, no fue grosero, y quiero decirle que el comandante de la judicial que apodan el Vikingo lo anda buscando, Ándese paseando, pensé yo, hasta Liz está en el ajo, Preguntó por un tal Rochín, pero por la descripción estoy segura que es usted, se acaba de ir de aquí y que me trocen la cabeza si no va para allá, esa clínica es un lugar bien placoso, No te preocupes, nada tengo con ese Vikingo, ¿qué horas son?, Casi las siete señor Macías, deje que le diga una cosa: cuando el Vikingo busca gente en hospitales es que la cosa está gruesa y casi siempre hay muerto, Tranquila muchacha, y gracias por la llamada, El Willy no sabe nada de esto señor Macías, yo sé que él es gente del Vikingo pero también sé que tiene sus caiditos, ahorita no venía con el Vikingo, y en cuanto a esta llamada, es por mi cuenta y riesgo, si necesita alguien que le haga un mandado o una enfermera que lo cuide, ya sabe, Gracias Liz, te agradezco mucho, y colgué. Ándese paseando, pinche Vikingo, quería camorra el bato y la iba a tener, solamente que cuando yo quisiera, no cuando a él se le hincharan los huevos.

Aunque había dormido y tenía un litro más de sangre en el cuerpo todavía me sentía un poco atarantado, pero pedí la cuenta y me largué. Estaba oscureciendo, neta que aquel hospital de lo que menos tenía pinta era de hospital, y era cierto, no me preguntaron ni nombre ni nada, que me quería ir, adelante, me cobraron y ya, pinche Willy, dónde me había metido. Chale, apenas me había alejado unos cien metros cuando vi que llegaban dos camionetas, eran de la judicial y desde donde estaba waché cómo el Vikingo se bajaba con su inseparable AK-47, cuerno de chivo, seguido por un resto de cabrones, al cabos que ni escandalosos son los batos. Mientras yo le puse machín, doblé la esquina y tomé un taxi que me llevó al hotel Tres Ríos, estaba visto que los batos andaban sobres, pero les iba a sudar si querían cincharme.

Para mí había llegado el tiempo de afinar mi plan, de detenerme en los pequeños detalles que la neta, sólo es un decir, a poco no, todos los detalles son grandes, y en cuanto a mí, sabía lo que tenía que hacer y también sabía, como siempre he sabido, que la suerte era lo principal, carnal; si ese día amanecía Dios de mi parte me iban a pelar la chaira y me iba a embolsar sin mayor bronca el medio melón de cueros de rana, pero si no era así, más valía que me fuera despidiendo, adiós mundo cruel, ya nunca te veré, yo diré que no te conocí, ¿te acuerdas de esa canción? De todas maneras a mí me gustaba pensar en lo que iba a hacer y cómo lo iba a hacer, pues sí, ni modo que qué, cuando menos me sentía más tranquilo. El taxista me preguntó cómo veía a la selección nacional, No pues, bien, ¿no?, y como si le hubiera dado cuerda, se soltó un pinche salivero contra los televisos, que eran unos aprovechados, unos gandallas, y yo pensaba, Bueno, ¿qué tanto les duelen los televisos, qué daño les hacen, a quién han dejado sin comer?, lo único que hacen es atender su negocio, que es lo que hacemos todos: yo, mi presi, el Chupafaros, Paul Gabriel, el del hospital y hasta el mismo taxista. Digo, ganas de joder nomás, todo mundo habla de Televisa, que Televisa pacá y pallá, ¿qué le pasa a la raza?, ¿qué no vivimos en un país libre? Total, él siguió con el rollo de que trataban mal a Hugo y a Hermosillo y privilegiaban a Zague, que ni siquiera era mexicano. No le hice el menor caso.

Entrando al hotel me puse a cranear, me acordé de la Beretta, qué onda con el Willy, si el bato me buscaba como en efecto sucedió, buscaría a Jorge Macías, y el Vikingo a Héctor Rochín, así que tendría que usar otra de mis identidades. Parece juego, ¿verdad carnal?, lo malo es que apuestas la vida y si no, que lo diga el montón de batos que han fracasado en este negocio, que les pregunten en el panteón. Así que me instalé con el nombre de Antonio Urías y lo primero que hice fue echarme un aliviane acá, machín, no hay nada más cabrón que la ansiedad de un adicto, no me dejarás mentir, no te la andas acabando, todo lo que puede sentir un ser humano lo sientes y gacho, ya ves cómo de volada pierdes piso; total, me puse chilo y me quedé quietecito un rayo, así, sin pensar nada, luego sentí jaria, pedí que me llevaran algo al cuarto, me bañé y mientras soleteaba un filete de pescado me entró una onda por llamar a la Charis que chale, ya ves lo que dicen, que jala más un par de tetas que una carreta, pensé que el Chupafaros estaría en el café discutiendo con sus compas, al cabos casi ni les gustaba alegar a los batos, y ¿Sí, bueno?, Hola cariño, Yorch, qué milagro, Nomás, ¿Qué paso, dónde estás?, En México, qué onda, Te he marcado varias veces desde anoche y no has contestado, ¿qué ha pasado, estás bien?, No ha pasado nada, simplemente que hoy he estado fuera todo el día y que ayer me quedé a trabajar toda la noche, ¿Pero estás bien?, Estoy como lechuguita, ¿por qué?, Por nada, sólo que tu mamá llamó anoche muy angustiada para preguntar si sabíamos algo de ti, ya ves cómo son las mamás, dijo que de pronto había tenido una revelación, como si te hubiera ocurrido algo grave, que te llamó pero no contestaste, No me ha pasado nada, estoy muy bien, Pues háblale, le has generado una gran preocupación; chale, no me pasaba esa onda, Charis, hazme un favor, no estoy en casa y me voy a tardar en llegar, aparte de que voy a entrar a una reunión con mi jefe, Llámale tú Yorch, es contigo con quien quiere hablar, comprende, Por favor Charis, hazme ese paro, no seas mala, Okey, pero ya sabes que no me gustan esos encargos, Gracias mija, tengo muchas ganas de verte, Yo también, quisiera que estuvieras aquí, ¿Si estuviera allí qué haríamos?, Ya sabes, para qué preguntas, ¿Y el Chupa?, De Chupafaros, ¿por qué no te vienes a vivir acá?, No es mala idea, con ganas de decirle Órale cariño, nomás no me vayas a dejar colgado de la brocha, pero nel, mejor me callé el hocico y ella se puso acá, romántica, Te extraño Yorch, Yo también, pues sí, ni modo que qué, Si estuvieras aquí ahorita estaríamos juntos, No me provoques porque capaz y me aparezco, Ni que fueras mago, Quién sabe, tú no puedes saber, Estás muy lejos, ¿Si me aparezco te vienes conmigo?, Yorch, ¿dónde estás?, No le saques, ya te dije dónde estoy, ¿qué onda, te vienes o qué?, Si te apareces, cosa que dudo, no me voy a ir contigo, pero te voy a hacer feliz un rato y tú también a mí, Yorch, te quiero, pero como siempre te he dicho: tú y yo como pareja nomás no, Órale, no se me ha olvidado, Chale, pensé, qué rollo, estoy condenado a vivir solo, mi profesión es como la de los artistas, que no se pueden casar porque andan valiendo madre; total, cotorreamos un rayo hasta que me sentí cansado y con sueño, entonces me despedí con el pretexto de que me estaba esperando mi jefe y le dije que la llamaría al día siguiente, a esta edad no puedes andar de sentimental como cuando estás morral y te vale madre todo.

Tenía la tele prendida en Telemundo, pasaron un agarre machín entre los serbios y los bosnios herzego-vinos, oye carnal: ¿y a estos cabrones quién les pagaba?, porque no creo que todo ese desmadre lo hayan hecho gratis, ¿o sí? Digo, hay que ser puerco pero no trompudo, y para pegarle en su madre a todo como lo estaban haciendo esos batos, se necesitaba que existiera una buena posibilidad de forrarse, a poco no, no me digas que esos cabrones se mataban nomás por deporte.

Me acordé del Veintiuno, qué onda, tal vez llama-ra a Elena Zaldívar para decirle que todo estaba bien y que la corbata de estrellitas la iba a estrenar el día de mi cumpleaños; además, que le dijera al Veintiuno que estuviera preparado con el resto de la pachocha. Por cierto que el Willy tenía razón, chale, me veía bien ñengas, de por sí soy flaco, imagínate con varios litros de sangre menos, si me habían puesto dos y todavía me veía bien chupado, imagínate cuando me faltaban tres, pero no había pedo, a base de cocas con galletas pancrema iba a recuperar la figura de volada; además había cenado machín y a ese paso para el martes, que era el día del hechizo, iba a estar como huesito. Esa noche los del PRI me confirmaron que el mitín del candidato sería a las cinco de la tarde en el Parque Culiacán 87, y que la cena con empresarios sería a las nueve en el salón Floresta del hotel Executivo; perfecto, coincidía con la información que ya tenía, agregaron que el miércoles por la mañana el señor candidato correría por el malecón con los atletas de la ciudad, antes de salir a La Paz, Órale ahí, pensé, queda esa vía si la Walther se entrampa, cosa que veo difícil, y si tuviera la Beretta, menos. Esa pistola era como un ser humano, carnal, neta, no estoy exagerando, ¿qué onda, vas a mear? Órale, te espero mientras me forjo un gallito.

Me gustaba la cena para hacer el jale pero no podía ir así, tenía que disfrazarme de empresario, mesero o policía: de político no la hacía, nadie me la hubiera creído; de periodista ya estaba disfrazado y para lo que me había servido. ¿Qué tal de empresario, para ir agarrando la onda?, al cabos ni dinero iba a tener el bato, sería el dueño de una fábrica de hielo, de una ladrillera, o de una fábrica de puré, o mejor: el dueño de una flotilla de tráilers, ¿qué tal? La onda era acercarse sin llamar la atención, desenfundar y órale, nada pesonal, carnal, a como te tiente, y luego escapar por la cocina, perseguido perramente como en las películas; creo que así se descabecharon a Obregón, el bato estaba comiendo en un restorán, llegó un compa y órale, pum pum, y a correr, pero creo que no corrió y ahí mismo lo cincharon, no me acuerdo. Para mí el problema principal seguía siendo la escapatoria y no había muchas salidas, por eso te repito que la suerte era fundamental, tenía que ponerme las pilas para que fuera más, truma, truma, para que todo saliera de pelos, pues sí, ni modo que qué.

Estaba viendo una película con Valentín Trujillo cuando me pareció oir voces chilangas, qué onda, estaba a 1,350 kilómetros del Defe y no podía ser, a lo mejor estaba alucinando, de todas maneras me levanté de volada y me asomé por la ventana, pero no waché a nadie; caí en cuenta de que debía haber muchos chilangos en la ciudad, puesto que todos los candidatos viajaban con una mancha de jodidos que no se la andaban acabando. El hotel era un montón de cabañas rodeadas por jardines, con alberca, disco y un restorán de aquéllos, bien chilo, te lo recomiendo si alguna vez vas a Culiacán, era un lugar tranquilo y así estaba yo; me acordaba de la Charis, mamacita, y de mi amá, ¿qué onda con mi amá, no?, está cabrón con las madres, cómo presienten lo que pasa; me acordaba también del Vikingo, ¿qué onda, para qué me buscaba?, de mi Beretta tan querida, del Willy, del Veintiuno, ¿Todavía estaría solita la Charis? Podía presentarme en su casa, por qué no, Qué onda mija, Yorch, ¿tú aquí?, Te lo dije, Eres mago, ¿Ya no soy adivino?, No, eres mago, y otra vez con sólo verla se me pondría como treinta el que te conté y vería sus chichitas y sus pezones bajo su bata de franela un poco corta, sus labios acá, y ahí mismo le bajaría el calzoncito y ñaca, a como te tiente, ay carnal, casi te digo que me estoy alocando, y aquella vez me acuerdo que me estaba pasando igual, neta, me acordé de la enfermera y de cómo me la acariciaba, chale, para evitar tentaciones llamé al restorán, pedí una coca con galletas pancrema, pero la regaron gacho, me trajeron una coca con galletas saladitas, y pues, como es del dominio público, no saben igual.

Esa noche no me perdí el noticiero de Televisa, pasaron algo de San Cristóbal de Las Casas y me acordé del cabrón de Timoteo Zopliti; salió el Max, ya sabes, bien acá, muy vaciado, dijo que en las elecciones le iban a pelar la chaira, Órale, pensé, ahí te llevo con el modito de andar; salió Mejía Barón platicando los planes que tenía para pasar a la segunda ronda, chilo, y si te acuerdas el bato lo logró, hasta le ganaron a los italianos, que eran los más pesados. Había pasado un buen rato, era quizá la media noche, estaba viendo una película gringa cuando volví a oír pasos y voces chilangas, estaba medio adormilado y aún así me pareció escuchar una voz conocida, qué onda, quizá una voz culichi, pero no supe qué rollo hasta el mero día de la bronca, cuando todo se puso de pelo y medio.

13

El sábado no pasó gran cosa: comí bien, un mozo me trajo galletas pancrema de una tienda cercana y estuve viendo tele; pasaron el clásico joven del futbol mexicano. En la noche fue cuando se puso de pelos, chale. Por la mañana estuve tentado de hablarle a la Charis, pero nel, no quería que me contestara el mariachi y tener que colgar, pues sí, no quería que el bato me tirara su salivero sobre el subcomandante Lucas, las campañas políticas o peor tantito, que me preguntara qué onda sobre lo que me había pasado con Fabiola; pero con la Charis sí deseaba echar un verbo, ella sabía hacer vocecitas acá, bien cachondas, y me excitaba machín, cuando estaba bien entrada le daba por eso, una onda igual a las que anuncian por televisión con morritas acá, bien prendidas; bueno, el caso es que se me ponía como treinta el que te conté nomás de oírla. Como a las tres le marqué, pensé que el Chupafaros habría llevado al morrito a jugar futbol, pero nel, no respondió nadie, qué onda.

Estaba pues, machín, con mi coca y mis galletas pancrema, acá, bien abastecido, de vez en cuando wachaba por la ventana, que era grande y daba a un panorama de aquellos: flores, palmeras, pasto, olivos negros, todo de un verde subyugante, como diría la Charis, pero no salí ni a caminar un poco. Y es que yo era bien clavado en la Biblia, carnal, y no iba a dejar que nadie me viera, es ridículo decirlo después de todo lo que me había pasado, pero así me sentía más seguro, haciéndole al misterioso, ya ves que tenía mis reglas, dizque por eso me decían el Europeo, sólo porque siempre buscaba salir bien librado, esa era la carrilla que se traían conmigo, pero ya te dije, era una onda que me gustaba.

Me puse a pensar en lo que me esperaba el martes 22 a las nueve de la noche: buen clima, el candidato entra muy sonriente rodeado de una mancha de guaruras, saluda a la multitud que se ha puesto de pie aplaudiendo y gritando Viva Barrientos, pinches lambiscones, todos son iguales, lo veo de frente, espero que se acerque, estoy de mesero, cargo una charola con vasos de vino blanco, en cuanto se pone a tiro saco la Walther Pe ochenta y ocho y órale, pum pum y a correr, salgo por el lado de la alberca, llego al bulevar Madero, donde tengo una moto estacionada y me largo entre una lluvia de balas. Otra: soy el dueño de una fábrica de vasos desechables y tengo varios puestos de aguas frescas en Navolato, el candidato está sentado, es la hora de los discursos, el líder de los empresarios se está echando un rollo, en esta etapa todo mundo hace peticiones al candidato, le pasan cartas y carpetas, los guaruras ya saben esa onda y ahí voy yo tendido como bandido con mi carpeta de peticiones, y en cuanto me acerco lo suficiente, órale, a como te tiente y rájale, pum pum y a correr, salgo por la Ruperto L. Paliza, donde tengo la moto y vámonos. Pero chale carnal, pensar que todo lo que se te ocurra cuando andas en estos trotes ya se les ocurrió a los guardaespaldas del objetivo, y si son truchas la examinaron mil veces, sino nomás se avientan a destripar y ya, pero de cualquier manera tenía que ganarles el jalón. Si el candidato se hubiera hospedado donde yo estaba, quizá hubiera sido más fácil, ve tú a saber, la cena iba a ser en el Executivo y lo más seguro era que se hospedara allá, como en efecto sucedió, pues sí. ¿Y si lo cinchaba en su habitación? Imagínatelo, ya se han retirado sus ayudantes y su secretario particular y él con insomnio, Eh, quién anda ahí, y yo saliendo de atrás de las cortinas, No pues, aquí mis huesos y pum pum, a como te tiente y vámonos, y ahí me tienes descolgándome por la ventana del hotel con una soga, como el Hombre Araña, chale.

Cuando estaba oscureciendo tomé un taxi y fui al Parque Culiacán 87, entramos por el bulevar ancho que lo atraviesa, lleno de palmeras y bugambilias, muy acá, y llegamos al gimnasio, donde había un desmadre porque estaban lavando tocho morocho. El gimnasio era un edificio con techo curveado, como de almacén, que contenía una cancha de basquet. Me iba a bajar pero nel, ¿y sabes por qué?, chale, ¿a quién crees que fue al primero que waché? A ver, ¿tú que todo lo sabes y lo que no, lo inventas? Al Jiménez cabrón, el mismo pinche Jiménez que me había dado gas defoliador tres meses atrás, chale, no me la andaba acabando, qué onda, el bato estaba camellando para el candidato, no lo podía creer. Si me ves jamás piensas que soy guarura, ¿cierto? No tengo cuerpo y aparte esta pinta de indígena que no me la ando acabando, chale; en cambio el Jiménez era un bato acá, grandote, calote, fuerte, lo que sea de cada quién muy trucha; y yo pues ya ves, soy una pringuita, cabrón, a lo mejor por eso no nos llevábamos bien. Y ahí estaba el bato dando indicaciones a varios güeyes que se veía eran del cuerpo de seguridad, puro destripador chilo. No me gustó nadita esa onda, el Jiménez estaba pesado, era un experto en intervenir teléfonos, le encantaba manejar aparatos electrónicos para detectar armas, aparatos de rayos infrarrojos, micrófonos en miniatura, esas ondas; cualquier cosa que sacaran los gringos la compraba de volada.

Mientras el taxi avanzaba despacio lo waché, chale, se me fue la sangre a los talones, estaban instalando el templete y ¿quién crees que salió de adentro y se puso a platicar con el Jiménez? Mierda carnal, esto menos lo podía creer, el mismo pinche Vikingo en persona; ándese paseando, pensé, ¿de qué se trata, acaso Dios no quiere que me gane estos cueros de rana? Porque si los batos estaban allí seguro iban a estar en el banquete, a poco no, ya parece que iban a dejar de ir, más si tenían tanta responsabilidad como aparentaban. Si por desgracia me llegaban a identificar antes de la bronca se iba a poner de a peso.

Pinche mundo, se la pasa dando vueltas el güey. Le pedí al taxista que me regresara al hotel. Aparte de todo el panorama tendría que vérmelas con el Jiménez y de pilón con el Vikingo, como dicen, Dios los hace y ellos se juntan.

Llegando al hotel llamé a la Charis, pero contestó el mariachi y colgué, pinche Chupafaros, la bronca en Chiapas estaba de lo más grueso y él contestando el teléfono. Los sábados no pasan el programa de Malinowski y los noticieros gringos no me gustan, son muy exagerados, así que me puse a ver una película, era la historia de un bato que se dedicaba a matar mujeres sin oficio ni beneficio, se llamaba Daniel y tenía un acople que se llamaba Moon, un par de batos locos; Moon tenía una hermana que se juntó con ellos y resultó ser igual de sanguinaria; digo yo, esa raza que se dedica a hacer desmadre nomás porque sí qué onda, esos batos que madrean mujeres, como el chino Fu, digo, qué onda con esa raza, los que matan morritos, los que hacen explotar edificios llenos de gente; y no es que le saque, tú bien sabes que perro no come carne de perro, pero con esos mejor ni meterse, pues sí, ni modo que qué, ya parece que iba a andar yo por ahí haciéndolos compadres o matando viejas igual que ellos, nel ni madres.

A las diez de la noche estaba de lo más aburrido, había llamado un par de veces a la Charis con el mismo resultado; abrí una coca, tomé un guato de galletas pancrema y salí al jardín a que me diera el aire fresco, estaba calmado el ambiente, chilo, me dolía un poco el cuerpo, me senté cerca de la alberca en una silla que estaba en lo oscuro; se oía la música de la discoteca, estaban tocando una de los Credence: *Nacido en Bayou*, se oía acá, chila, me acordé del barrio, de los borlos cuando estábamos morrales y te valía madre todo, me acordé de mi apá, de cómo se encabronaba cuando nos veía en el desmadre y de la Charis, pinche Charis dónde andaría; según yo, me estaba chingando al Chupafaros, pero nel, esa noche pensé que era al revés, que en realidad él me había agandallado y gacho, me había bajado la vieja ni más ni menos.

Esa onda me puso triste, fue una revelación, y aunque no me sentía acá, al tiro, porque todavía traía un pequeño parche en la cabeza y otro en el cuello, decidí echarme un trago para engañar a la tristeza. ¿Iría a tener descendencia?, chale, el Willy ya la había hecho pero yo no, pues, ni siquiera lo había pensado. Al día siguiente le tendría que llamar al Willy, Qué onda baquetón, para preguntarle por mi pistola y por el Vikingo, ¿qué hacía el pinche Vikingo amartelado con el Jiménez, desde cuándo eran acoples, el Jiménez también estaría metido con los narcos? En todo caso tendría que comprometer de alguna manera al Willy, yo le había dicho que estaba en Culichi por ondas del candidato y no convenía que me relacionara con Jiménez, ya parece que iba yo a querer relacionarme con ese cabrón, después de que me la hizo gacha, nel ni madres. Total, entré a la disco, ya sabes: desmadre, luces, ruido, humo hasta decir basta; conseguí una mesa más o menos resguardada desde donde podría ver parte de la pista, tenía un par de minutos y ya me habían ofrecido chiva, perico y gallo, pinche animalero carnal, parecía granja la pinche disco, a poco no; tocaba un conjunto macuarro con una vocalista que más que cantante parecía ama de casa, vestía bien sarreada, una blusa acá y una falda, o sea que no enseñaba nada; afinaron: Bueno sí, Bueno sí, cuatro tres dos, y se dejaron venir con una de Alejandra Guzmán que dice «Ten cuidado con el corazón, con las alas y con todo lo demás...», y bueno, lo que sea de cada quién, esa ruca que vestía tan mal se la sacaba para cantar.

Estaba bien relajado carnal, ya sabes, viendo a las parejas trenzadas, acordándome de cuando bailaba, cuando voy viendo a la Charis y al Chupafaros que se traían hasta las manitas; ándese paseando, chale carnal, qué gacho sentí, ¿cómo era eso?, ¿cómo que andaban bailando tan aperingados? No me la andaba acabando carnal, neta, no me lo vas a creer pero era la primera vez que los wachaba tan entrados, y llegué a la misma conclusión que cuando estaba en el jardín: ¿que yo me estaba chingando al bato? nel ni madres carnal, yo estaba limpio, él me había chingado y gacho, me había agandallado a la morra cuando me bajé a un periodista y me largué a Cancún huyendo por los errores de otros, aquella vez que trabajé de tira y duré como una semana. Chale carnal, qué onda, ni modo de tumbarlo al bato, ¿acaso no decía la morra que yo como pareja nomás no la hacía? Además, el bato era mi compa y lo que sea de cada quién, se había portado a la altura.

Ahí andaban bajo las luces de colores y yo los wachaba machín, ella traía un vestido negro, acá, ya sabes, ajustado, y se le dibujaba el cuerpo, él la acariciaba y, yo creo que andaba bien jarioso porque le tocaba las nalgas, le besaba el cuello y ella se le acomodaba, bien prendida carnal, chale; y yo, neta, cada vez más agüitado, pues sí, ni modo que qué, no soy de palo, ya te dije. Neta que me sentía como perro sin dueño, bien gacho; de pronto pensé: ¿Qué chingados estoy haciendo aquí, qué gano con estar clavado en la Biblia con este rollo, a qué le tiro? Querías ver a la Charis, ah, pues wáchala, y la veía cachondeando, bien entrada, chale, pero no me movía, seguía arranado mirándolos, qué onda bato, me dije, ¿qué no te han contratado para bajarte a un bato pesado? Pues sí carnal, pero ahí estaba la Charis y yo no era capaz de despegarme de aquella mesa, y todavía me di más carrilla, ¿qué no deberías estar en un lugar solitario, llamándole al Veintiuno?, Qué onda Veintiuno, ¿sabes qué?, todo está muy bien, de peluche, me lo voy a descabechar en la cena de los empresarios, me voy a disfrazar de fabricante de yogurs, estáte tranquilo, todo va a salir de pelos, ve preparando lo que me debes y salúdame a Elena Zaldívar que, por cierto, quiero invitarla a salir, espero que no te agüites, ¿qué tal si la invito a cenar y estreno la corbata que me regalaste? Oye, qué buen detalle, no te hubieras molestado.

Carnal, de veras que eres bueno para el tequila, ya te empujaste la botella, nel, no tengo otra pero puedes seguir con la cerveza, y como te iba diciendo, ahí estaba la Charis, la podía ver pero no la podía tocar, como en la tele, y me empezó a valer madre todo, qué importaba si llegaba el Jiménez y se sentaba en mi mesa y me hablaba como de costumbre, Macías, quiero hablar contigo, pasa a mi oficina, y yo pasaba sólo para que el bato me repitiera Ya no te necesitamos, chale. Tomaba güiski y alucinaba, se acabó la canción, la Charis y el Chupa se quedaron abrazados, mirándose, chale, como si se acabaran de conocer. El conjunto atacó otra rola y siguieron bailando, no sé por qué te cuento esto, pero me llega gacho, carnal; total, traté de agarrar la onda y desafanarme, pensé, Qué gano con este espectáculo, tantas ganas tenía de estar con ella y mira nomás cómo la vine a encontrar, no me la andaba acabando, pues sí, ni modo que qué.

Estaba en ese alucine cuando llegó una morra acá, un poco llenita, que me tapó la pista, Señor Macías, ¿qué hace usted aquí? Casi ni le entendí, ¿Qué dices?, ¿No me reconoce?, Ándese paseando, era Liz, Claro que te reconozco, ¿cómo estás?, Yo muy bien, ¿cómo está usted?, veo que trae el parche un poco sucio, ahí estaban sus senos, traía un peinado acá y un vestido brilloso de aquéllos, No te preocupes, me siento bien, ¿gustas sentarte?, Bueno, un ratito, vengo con unas amigas, Con que no me tire el agarrón ahí donde te conté, pensé, y todo estará bien. Quiso una michelada, ¿No debería estar descansando, señor Macías?, Hace dos días le faltaban tres litros de sangre y ya está tomando, ¿que no se quiere?, Así es la vida, Liz, ¿y tú qué haces?, Todos los fines de semana vengo, aquí me olvido de las tensiones del hospital, Órale, qué bien, ¿Ha visto al Willy, señor Macías?, No, Yo sí, hoy fue a la clínica y preguntó por usted, que si no había ido por allá, le dije que el único que había ido era el Vikingo, pero que no había preguntado por usted sino por un tal Rochín. Estuve a punto de preguntarle ¿Y quién es ese Vikingo?, pero me arrepentí, no podía negar que la morra tenía instinto y le debía un favor. No lo he visto pero ya le llamé, le mentí, Señor Macías, en serio usted necesita reposar, puede sufrir severas consecuencias y para qué quiere, No pienso bailar, dije mientras buscaba con la vista a la Charis detrás de ella, Y no te preocupes, ahorita me voy a descansar, Se lo digo en buena onda, tiene que cuidarse, Lo haré, Bueno, tengo que regresar con mi raza, pero como le dije, si me necesita búsqueme en la clínica, soy buena enfermera y ando en gran necesidad, además conozco quién vende y quién compra, señor Macías, y usted ya sabe a qué me refiero. De pronto se me vino una idea a la cabeza, una idea acá, locochona, y le dije, Siéntate a mi lado, se sorprendió, qué onda, pero sonrió, Qué pasó señor Macías, sólo vine a saludarlo, lo vi como triste, De eso se trata Liz, pero no quiero gritarte, por eso te digo que te sientes aquí. Se sentó a mi lado un poco cachonda, enfrente la Charis y su mariachi bailaban una cumbia, neta que el Chupafaros era malo para bailar, yo bailo horrible, pero él me daba veinte y las malas, ¿De qué se trata señor Macías? Traía un perfume acá, enchiloso, Liz, te voy a pedir un favor tan grande que ni te lo imaginas, era una cabrona esta Liz, sonrió con coquetería y como que juntó los brazos para hacer resaltar su de por sí descomunal pechuga, órale ahí, sin embargo, para evitar cualquier confusión se la solté de volada, Liz, ¿ves a esa señora de negro?, ¿Cuál?, Esa, ¿La que anda con el señor alto?, Esa mera, ¿Qué tiene?, Estoy enamorado de ella, Liz se aflojó, yo también, luego sonrió de nuevo, yo me quedé serio, qué onda. Es una larga historia, le dije mientras me echaba un trago, ¿Y qué desea señor Macías?, Cuando vaya al baño quiero que le des un recado, se me quedó mirando con gesto de que no lo podía creer, ¿Nada más?, Nada más, sonrió como diciendo Para eso me gustabas, baquetón, pero dijo, Con mucho gusto señor Macías, ¿ya lo escribió?, en eso se había acabado la tanda y la Charis iba a sentarse bien abrazada del mayugo, y le escribí en una servilleta: ¿Y el Chupa?, y el número de mi habitación. Chale carnal, qué locura, pero ni modo, esa es la bronca del amor, hace uno cada pendejada que no te la andas acabando, a poco no; total, se fue la Liz muerta de risa, le di veinte dólares mientras insistía en que descansara y que ella podía conectarme con distribuidores de droga, Órale, pensé, a lo mejor eres acople del Vikingo, y aquí te andas haciendo la loca para ponerme un cuatro, pero no dije nada, pronto vi que la Charis se levantó para ir al tocador y ahí va la Liz tras ella. Me sentía como cuando te pones de novio por primera vez y vas de visita, chale, bien acá, nervioso y con la boca reseca. No pues, mejor me largué.

En cuanto entré a mi cuarto me eché un pericazo para entrar en tono y me dispuse a esperar, puse una luz acá, leve, me serví un vaso de coca, me miré en el espejo y era cierto, estaba bien cateado, tenía los ojos hundidos y unas ojeras de pa qué te cuento; pero bueno, tenía fuerzas suficientes para enfrentar lo que fuera con la Charis. ¿Qué le diría?, Chiquita, pensé, aquí está un güey que te adora, no le hace que no la haga como pareja; que no había aguantado las ganas de verla y que me había dejado venir, que había ido al bar a darme ánimos y que la había wachado, que me regresaba el martes, que no había llegado con mi amá para no comprometerla, que la quería un chingo, que es la mejor medida de todas las cosas, a poco no.

Me lavé la cara, me peiné, me perfumé y esperé deseoso, pero de veras deseoso, así, bien ilusionado, bien prendido, acá, y la morra no llegaba, qué onda, si puse muy clarito el número del cuarto; pasó media hora y la morra perdida, pasó una hora y ni madres, qué onda carnal, ¿de qué se trataba?, ya sabes cómo se pone uno, al cabos ni ilusionado estaba, chale, y me la imaginaba con su vestido negro, ajustado, en los brazos peludos del Chupafaros que le chupaba una oreja y la besaba jarioso, ella desesperada, queriendo salir un momento, Mijo ahorita vengo, y él aferrado, Mija, ¿qué onda, aquí estoy, por qué quieres salir?, y ella sin poder explicar y el tiempo pasando pasando, y qué onda, pues que yo me iba agüitando más y más, hasta pensé que no me quería, pues si me hubiera querido hubiera mandado a la chingada al mariachi y se hubiera venido con mis huesos, tendida como bandida, a poco no, una mujer que quiere siempre sabe qué hacer; total, terminé pensando que ni modo, que no hay mal que por bien no venga, y que si no quería verme que se fuera mucho a chingar a su madre, pensamiento del que me arrepentí después, como buen enamorado, y por si lo quieres saber, del que sigo arrepentido. Luego pensé que para eso era la vieja del Chupafaros, pa que la trajera hasta las manitas cada vez que le diera la gana y la agasajara en público, a poco no, pues sí ni modo que qué. ¿Y si lo mataba? De pronto me vi bailando con la viuda después de meterle dos tiros en la cabeza al marido, Ella vestía igual, su vestido negro ajustado y ahora yo le chupaba la oreja y la besaba, ella me abrazaba fuerte mientras el cadáver quedaba en el piso; bailábamos encima de él, le pisábamos una mano, ella tenía la cara blanca, como maquillada con polvos de arroz, y se le ponía negra y me abrazaba; yo no la podía ver bien porque me abrazaba machín. Estaba en ese alucine cuando tocaron, qué onda, Charis, mamacita, perdóname, no vuelvo a pensar mal de ti, neta mi reina, no lo vuelvo a hacer; iba a abrir en chinga pero me detuve, qué onda, qué tal si no era la Charis, de volada vinieron a mi cabeza el Jiménez, el Vikingo, el Willy y hasta el Veintiuno, qué onda; no pues, me mordí un huevo, volvieron a tocar. Entonces volví a pensar en el vestido negro, en la bata de franela no muy larga con que me recibía en su casa, y abrí. Era Liz, ¿Qué onda Liz?, Hola señor Macías, estaba borracha,

159

pinche vieja, ¿En qué te puedo servir?, Quería saber
si se le ofrecía algo, No Liz, gracias, pero ¿qué pasó?,
no pude aguantarme, ¿Diste mi recado?, Claro señor
Macías, tal y como usted me lo ordenó, se le había
corrido el maquillaje, Yo siempre cumplo los encargos, y más los de una persona como usted, luego calló, qué onda, yo estaba fastidiado, nos miramos, ni
de chiste pensaba invitarla a pasar, en ese momento la
Charis era la única mujer que me interesaba. Pero no
vino, ¿verdad?, No llegó, respondí, La vi salir, señor
Macías, la seguí, llegó a su mesa y jaló al compañero
y se fueron como alma que lleva el diablo; cuando
le di el recado me miró muy raro, pero no dijo ni media palabra; le cuento esto para que vea que cumplí
mi encomienda, ahora que si necesita algo más, ya
sabe, estoy libre, mis amigas se fueron con sus galanes y no tengo ni perro que me ladre, bueno, sí tengo
pero está lejos, ¿por qué no me invita un trago?, a lo
mejor terminamos lo que dejamos empezado y me
dice qué le digo al Willy cuando pregunte por usted,
No Liz, no necesito compañía, además sólo tengo
cocas, Me oxido señor Macías, pero bueno, me sacri-
ficaré, No Liz, y cuando veas al Willy no le digas
nada, ya te dije que le llamé y si no viene pues le llamo de nuevo. Pero insistía en pasar, chale, y yo más
agüitado, no tenía ganas de seguirle el rollo, se estaba
poniendo tan terca que la neta me dieron ganas de
matarla; chale, no me gustaba matar mujeres, ya te
dije, es más, sólo he sentido el deseo de hacerlo aquella noche en que me vi vilmente despreciado por la

160

Charis. Veía a la Liz enseñándome una chichi, luego se daba vuelta para que le viera el trasero, hasta se quería bichar, pero nel, no sé porqué pero lo único que se me antojaba era meterle un par de tiros en la choya y órale, pues sí, ni modo que qué. Al fin se largó, chale, tuve ganas de llamarle a la Charis, pero nel, pinche morra, me la había hecho gacha, ni modo, hay veces en que uno pierde y otras en que deja de ganar, pero ya llegaría mi oportunidad y entonces sí iba a saber quién era yo.

14

El domingo muy temprano me llamó la Charis, Yorch, explícame esto, ¿qué pasó, por qué estás aquí?, me has generado una gran preocupación. No había dormido y estaba bien agüitado, con las pilas bien bajas y neta que me porté culero con ella carnal, chale, me porté gacho, No tengo nada que explicarte Charis, después de todo ella tenía su rollo y yo el mío, Yorch, por favor, comprende, era su cumpleaños, no podía dejarlo ahí abandonado para ir a verte, no creas que fue por falta de ganas. Pero yo traía el puñal hasta la cacha, carnal, no sé si sepas lo que es esa onda, y le dije, ¿Sabes qué?, no me digas nada, no quiero saber nada, no vale la pena. Se hizo un silencio acá, machín, ya sabes, luego me contestó con voz dura, Yorch, ¿qué sucede?, Ya te dije: no me interesa, estaba bien gruesa la onda carnal, ¿Significa que...?, Eso mismo, la interrumpí, otro silencio acá, ¿Esa es tu decisión?, Simón, Yorch, por favor, No quiero saber nada, ya te dije, nada de nada, Está bien, órale, ándese paseando, y colgó y colgué, o más bien estrellé el pinche teléfono, pinche vieja, ¿qué se estaba creyendo? Que era cumpleaños del Chupafaros, pues mucho gusto, que lo agasaje en todas las discos de la ciudad, ¿y a mí qué?, ¿qué me miara un perro?, pues fíjate que no, nel ni madres; si su onda era clavarse con el güey, pues órale, póngale machín morra y que Dios la bendiga. Capaz que le metía un tiro al bato y asunto arreglado, lo mataba y lo remataba, para qué me había agandallado tan gacho; como te digo, nunca me había descabechado a alguien que fuera onda mía, pero a lo mejor había llegado el momento, además ese güey me había partido, llegó con su pinche sonrisita pendeja y me bajó a la ruca, una ruca con quien según yo, la estaba armando machín, así que ¿qué tal si agarraba un taxi, iba a su cantón y le metía un tiro en la cabeza delante de la Charis y de su hijo? Así iba a agarrar la onda y de paso la Charis iba a sufrir y a saber a quién había despreciado.

Estaba clavado, bien clavado en la Biblia, pensando puras cosas locochonas: que iba a su casa y lo mataba, que lo esperaba en el café donde se reunía con sus amigos, lo bajaba y lo enterraba, y la Charis buscándolo como loca; que lo echaba al río y la Charis bien prendida organizando marchas contra la violencia, que me lo descabechaba y lo colgaba del Puente Negro, y la Charis flaca y descolorida haciéndole plantón al gobernador, pidiéndole Justicia señor gobernador, justicia, mi marido era un buen hombre, un buen padre, un buen esposo. Y yo, la madre qué ¿querías marido?, órale, ahí está tu pinche marido, ándale, tiéndete, coge con él, baila con él, muérdele la oreja, anda pinche vieja, festéjale el cumpleaños, ponte la faldita negra y vete a bailar «Ten cuidado con el corazón, con las alas y...»; chale, carnal, estuve alucinando, al cabos casi ni se me facilitaba con el perico, ¿verdad?; total, poco a poco me fui calmando, me fui calmando hasta que me dije ¿Qué pedo pues, mi Yorch?, si le vas a dar piso al Chupafaros piénsalo bien y no cometas una pendejada, ¿acaso no te dicen el Europeo?, No , pues sí, Pues entonces demuéstralo y deja de estar haciéndote la puñeta.

Nada me iba a distraer de la onda del candidato, pero neta que ahí empecé a pensar cómo bajarlo; es cierto que el bato era mi amigo, un allegado como te dije, pero también era cierto que me sentía bien raspado; total, pensé, me lo puedo bajar en la universidad: voy, lo busco, lo encuentro dando clases y a como te tiente, cabrón, rájale, pum pum y ahí nos vidrios cocodrilo, ¿qué quién fue?, quién sabe, y luego decirle a la Charis para probarla, y la Charis llorando, preguntando ¿Por qué, Yorch, por qué lo hiciste?, él nunca obstaculizó nuestra relación, Nomás para ver qué tanto me querías, Pero Yorch, ¿por qué comprobarlo de esa manera?, y chale, no me la andaba acabando. Estaba en ese rollo cuando tocaron la puerta, qué onda, de volada pensé que era ella y sentí un chingo de alegría, un relax; simón, qué bueno que venía, simón, qué bueno que ya estaba aquí, simón, que bueno que no había sido orgullosa y neta, yo mismo no lo sería, claro que no, no cabía duda de que esta mujer me quería y se la jugaba por mis huesos, chiquitita, le valía madre la hora y dejaba al marido y también al morrito para venir a hacer las paces, para venir y ponernos de acuerdo y no romper una onda que tenía tantos años y había dado tan buenos frutos, qué machín, qué mujer tan madura, ahí estaba tocando y la recibiría como a una reina, la abrazaría, Mija, te quiero, le pediría perdón, Mija, discúlpame pero es que me sentía bien herido, bien friqueado y muy triste de no tenerte a mi lado, ya sabes lo que te quiero, lo que sufro a veces porque estamos tan alejados y porque no te veo, no me importa que insistas en que no la hago como pareja, no me importa, neta, y me conformo con estar contigo como hasta ahora y saber que me quieres y que ocupo un lugar en tu corazón; perdóname mi amor, te juro que no me vuelvo a encabronar.

Todo acá, buena onda, fui a abrir y ¿qué crees?, era el pinche Willy. Óyeme cabrón, qué onda contigo, me dejaste como novia de rancho, fui a buscarte a la clínica donde te dejé y ni tus luces, qué onda, hasta creí que te habían dado piso, Yerba mala nunca muere carnal, ya estaba entrando al baño, Fui a buscarte al Executivo porque según ahí se hospedan los del cuerpo de seguridad del candidato y nada, ¿qué onda bato, te andas escondiendo o qué?, Ando en una J-56, Ándese paseando pinche Yorch, ¿una J-56?, ¿y esa cuál es?, La de cuando estás bien jodido duerme 56 horas. Ah, ¿pero estás bien?, digo, porque tampoco me llamaste, Sí te llamé, mentí, Pues no me pasaron el recado, Eso no es bronca mía, cada quien educa a su secretaria como le conviene, ¿Y cómo seguiste?,

Machín, ¿qué no me ves? Se sentó en la cama y se recostó, de volada el cuarto se impregnó con su olor característico y me acordé de cuando le cantábamos el cochi cuino, Te veo jodido, Yorch, todo ojeroso, ¿te pusieron el litro de sangre que te faltaba?, Hasta me pusieron de más; sacó un carrujo y lo encendió, Te ves como triste, ¿qué onda?, ¿Triste, cuál?, si estoy como lechuguita, le dio el golpe, Oye, ¿y qué onda, por qué no te cogiste a la Liz?, ¿Te dijo que no quise?, Simón, me cayó en el cantón anoche, como a las dos de la mañana, me dijo dónde estabas y me preguntó si eras joto, Pinche vieja, está bien pirata, La neta Yorch, ¿por qué no te la dejaste caimán, si no está tan peor? Además tiene unas tetas para alimentar a un regimiento, Imaginé que era control tuyo y tú sabes que esa onda yo no se la hago a mis amigos. Apenas había dicho esto cuando me acordé que el Chupafaros sí me la había hecho y gacha cuando me agandalló a la Charis; mientras el Willy seguía con su salivero me acordé que no me había agüitado tanto cuando pasó, que había apechugado, pero después, ay carnal, para qué te cuento, bien dicen que nadie sabe el bien que tiene hasta que lo ve perdido. Ya te he dicho que antes la Charis y yo vivíamos en el mismo edificio de departamentos. Una vez regresé de Monterrey como a las dos de la mañana, ya sabes, acá, bien jarioso, con ganas de ver a mi morrita, y en vez de ir directo a mi depa fui al de la Charis, pensando Me abre y ahí mismo la bicho, pues sí, ni modo que qué, antes de tocar a la puerta oí música y vi que salía luz por abajo, qué onda, ¿tiene examen o qué?, también escuché risas; no pues, ahí estaba el Chupafaros, Yorch, ¿qué onda, cómo estás?, qué bueno que llegaste porque necesitamos decírselo a alguien, estaban felices, y ahí mismo la Charis me la soltó: nos vamos a casar, ¿Qué? Como te digo, al principio lo acepté machín, total, no era más que una vieja con la que yo clavaba y no tenía mayor compromiso; pero después me agüité y a los días tuve que admitir que la neta, la morra era algo más en mi vida, luego me dije, Esta madre no tiene remedio, sobre todo cuando ya los vi encarrilados. Una noche me cayó y me dijo que ya lo había pensado y que iba a seguir conmigo si estaba de acuerdo, no pues, a quién le dan pan que llore, o de lo perdido lo que aparezca, como dicen, y me la llevé tranquilo, y bueno, cuando pasó lo de la discoteca me volví a agüitar.

Te anda buscando el Vikingo, dijo el Willy, Simón, ¿qué querrá?, No sé, parece que quiere entrenar, Tu madre, Dice que lo hizo muy a gusto contigo, Porque aguanto mucho, Simón y porque tuvo chanza de practicar con los pies y con las manos, Órale, Para eso te quiere agarrar, Me va a agarrar pero los huevos, y en chinga le cambié de tema, ¿Y qué onda, cómo fue que me encontraste en el aeropuerto?, Pues por estar jugando con mi morrita llegué tarde al operativo del avión, un compañero me pasó el rollo de que el jefe estaba madreando a un cabrón en la bodega de carga de Aeroméxico, me tendí a ver qué onda y apenas te reconocí, estabas desmayado, nos largamos, me desafané del jefe diciendo que mi morrita estaba enferma y que la tenía que llevar al Seguro; regresé por ti, te estabas desangrando, busqué a la doc y lo demás ya lo sabes, Órale, gracias bato, Dijo que nomás eras un pinche periodista que había venido a chingar la pava con el paro de cubrir la gira del candidato; no pues, qué desmadre carnal, si hubiera sabido el jefe H en las que andaba seguro se pone a temblar, creo que hasta me hubiera bajado del macho, Willy, ¿qué onda con mi fusca?, Ya te dije loco, el Vikingo te la quiere devolver personalmente en persona, se rió el bato, Pinche Yorch, ¿para qué le haces al loco?, ni que no supieras cómo masca la iguana. Tenía razón, lo que pasa es que me resistía a perder la pistola, uno se encariña carnal, a poco no, Órale, le dije, Ahí te llevo con tus buenas relaciones, dio una fumada profunda y preguntó, ¿A quién mandaste recado con la Liz?, traía un pinche salivero, que te había hecho un paro machín con una ruca de la que estabas perdidamente enamorado, con la que te querías casar y que ni así la habías pelado, ¿qué onda mi Yorch?, lo único que la morra quería era darte tu despedida. Pinche vieja, había soltado toda la sopa, neta que me dio coraje, qué onda, era un rollo confidencial, ¿qué tenía que andar ahí de boca suelta? No pues, por eso digo yo, que los que me contratan a veces tienen razón, hay raza que es mejor mandarla con sus antepasados, a poco no, los dejas vivos y te hacen un desmadre. Cuando describió a la chava y a su compañero no sé por qué me imaginé que eran la Charis y el Fito, ¿qué onda con ellos?, hace un resto que no los veo, ¿qué onda con la Charis, cabrón? Ándese paseando, ¿tú qué hubieras contestado, carnal?, estás jodido, quemándole machín las patas al judas, como dicen en el Defe, todo friqueado por lo que acaba de pasar, ¿qué le contestarías? ¿La Charis?, dije, Uta, hace años que no la veo, yo creo que desde que se amarró con el Fito, ¿Neta pinche Yorch?, ¿nada de nada?, Cómo crees pinche Willy, ya te dije que yo sé respetar a los amigos, hace un resto que no sé de ellos, pronto vas a saber por el mariachi muerto, pensé, pero nomás, me quedé callado el hocico. Por cierto, Willy, ¿qué onda con aquella morra que te recomendé?, ¿le echaste la mano?, Ah, simón, aunque más que echarle la mano me hubiera gustado metérsela, mamacita, que buena está esa flaquita, de esas que no te roban nada.

Seguimos cotorreando, quiso saber si me iba a cambiar al Executivo, le dije que sí, nomás que me alivianara un poco de mi aspecto, que la neta, con la chinga que me había puesto el Vikingo, la desvelada y ve tú a saber qué más, estaba pal arrastre, Si me ven así mis compañeros van a querer saber quién me madreó y pa qué quieres, se le acaba el corrido a tu jefe, ¿A poco muy felones? No pues, no quise comentar nada, ¿para qué?, Tengo jaria, dijo el bato, ¿ya desayunaste?, Nel, entonces salimos, abordamos el picapón y nos fuimos a la birria, tendidos, el Willy se comió tres platos con mucha cebolla y como dos kilos de tortillas, yo a duras penas me comí uno, Trágate dos, no comes nada, por eso estás todo ñengo, viéndola bien, qué bueno que no la armaste con la Liz, te hubiera matado, y me contó de la morra, que había sido abandonada con tres morritos, que estaba bien jodida, que era mandadera de algunos narcos menores, que el Vikingo no la quería. Tuve ganas de decirle, Qué onda, ¿para qué me cuentas eso?, pero nel, me callé, a veces tienes que oir a los amigos, así como tú me estás oyendo ahora.

Cuando me llevaba de regreso al hotel le pregunté si la judicial iba a apoyar en la seguridad del candidato, Simón, siempre lo hacemos y parece que mi jefe ya se entrevistó con el tuyo y según, vamos a apoyar en el aeropuerto y en el mítin, ¿Nada más?, ¿Quieres más?, si es bronca de ustedes, no de nosotros, Órale, pensé, ojalá y sea cierto y no se aparezcan en la cena. Me dejó en el estacionamiento, Si necesitas que te lleve al Executivo me avisas, Sobres, y se fue como era su estilo: quemando llanta.

Claro que no pensaba cambiarme, y menos al Executivo, donde me habrían plaqueado de volada, ya te dije que el Jiménez era bien trucha; mi hotel me gustaba y quería quedarme, pero nel en la misma habitación, así que me puse bigote y con todo y maleta fui a la administración y me registré de nuevo. Las recepcionistas tenían tanta gente que ni se fijaron, adiós a Antonio Urías. Por cierto que mientras hacía el trámite waché a un tragaldabas a quien decíamos Kalimán, estaba en la caja de cambios, era un bato acá, felón pero poco trucha, trabajaba en otro

171

departamento y nunca supe si lo habían recortado como a mí y a otros, no era de mi raza pero bueno, ya ves que ahí conoces a todo el mundo. Pensé que si era del equipo del candidato no tenía nada qué hacer en este hotel, el Willy había dicho que estaban hospedados en el Executivo, entonces me acordé que el bato era o había sido puchador, pues sí, a lo mejor andaba de compras, pero por sí o por no, no me dejé zorrear, vi que terminó de cambiar y se fue a su habitación. Lo seguí, no porque me interesara sino porque me dieron cuarto en la misma sección en que él estaba.

En todo el día no pasó nada, me dediqué a ver la tele, a comer galletas pancrema con coca y a pensar en lo que me había pasado con la Charis; de volada me puse felón, qué onda, ¿le daba piso al Chupafaros de una vez o volvía cuando se aplacara lo del candidato?, no pues, lo que se fuera a cocer que se fuera remojando, lo del candidato ya estaba decidido, así que bien podría entretenerme con esa bronca, era domingo, había tiempo de sobra, pero el Chupafaros no era como la gente que me había descabechado, algunos tenían tantos guaruras que junto a ellos el Chupafaros era pan comido, a poco no, cosa de llegar, ¿Qué tal, Fito, cómo estás, sigues agüitado por lo del comunismo?, y él, Yorch, qué gusto, ¿cómo está tu mamá?, Bien, te manda saludos y rájale, a como te tiente, podría hacerlo en el estacionamiento del café o en la Universidad.

Por la tarde fui al hotel Executivo y anduve wachando el salón Floresta, donde iba a ser la cena. Un salón igual a todos los que yo conocía: a un lado la alberca, al otro la cocina, al tercero la calle Paliza; anduve zorreando, dije que era del comité organizador, me dijeron que ya habían ido mis compañeros y que estaban esperando a los expertos en Seguridad que querían echar un vistazo a pesar de que ya lo habían hecho varias veces; qué onda, ¿sospechaban algo o era rutina?, por lo pronto ya sabes cómo es uno, pensé, Sobres, chequen bien cabrones, después van a tener que explicar muchas cosas y pues, como dijo mi presi, pa que no se hagan bolas, pues sí, ni modo que qué. En ese hotel había una cantinita que se llamaba o se llama El Parque, ahí me estaba echando una cerveza cuando llegó el Jiménez seguido de una mancha de jodidos, Órale, pensé, pónganle machín, ahí los llevo con el descuido. Pero nel carnal, neta que no me la estaba tomando a la ligera, nel, ni madres, con el Jiménez ahí aquello iba a ser otra onda, a huevo que iba a necesitar mucha suerte, a poco no.

15

Los lunes ya sabes, ni las gallinas ponen. Estuve toda la mañana como tigre enjaulado, luego limpié la fusca y me calmé. A mediodía sentí jaria y decidí ir al restorán, ya chale de estar comiendo en el cuarto. Había buen ambiente, no tenían tele pero sí música, en ese momento se oía *Michelle* de Los Beatles, como en las películas me senté en la mesa más oculta con la espalda a la pared y pedí la comida del día, apenas había acabado la sopa de fideos cuando veo entrar al Kalimán seguido de Harry el Sucio, qué onda. La última vez que había visto a Harry fue en Insurgentes manejando el carro del Veintiuno, ¿qué patada, qué andaba haciendo ese dueto de destripadores en Culichi? Si eran del equipo de seguridad del candidato, ¿qué hacían tan lejos del Executivo?, ni modo que no hubiera cuartos para ellos; waché que se sentaron al fondo y empezaron a cotorrear, estaban agarrando cura de algo y neta que se me antojó sentarme con ellos, ¿por qué no? Habíamos sido compañeros algún tiempo: ¿Qué onda morros?, Macías, ¿tú aquí?, qué sorpresa, diría Harry el Sucio, Estoy en mi tierra, y ustedes, Turisteando, agarraría patada Kalimán,

Simón, respondería yo, Ayer te vi cambiando dólares, Sí hombre, aquí no se puede hacer negocio en pesos, todo mundo habla de dólares, Están muy modernizados, seguiría la onda Harry, y yo prendido siguiéndoles el rollo, Qué onda, ¿ya conocieron La Ballena?, ¿La Ballena? ¿Qué es, Macías?, ¿Quieren que los lleve a la tumba de Malverde, a los bules o de plano mejor a La Lomita?, Nos estás cotorreando pinche Macías, ¿O al mercado Garmendia?, ¿El mercado Garmendia es igual al mercado de Sonora, hijín?, preguntaría Kalimán, Más bien es como la Merced, ¿no?, agregaría Harry, y yo les diría: Más o menos por ahí le anda, oigan y qué onda, ¿los recontrataron?, Simón, ¿y a ti?, No pues, también, ¿Te comisionaron con el candidato?, Ni más ni menos, A nosotros también, ¿Y qué lugar de la ciudad les ha gustado más?, A Kalimán el Parque Culiacán 87 y a mí las viejas, oye de veras, qué buenas viejas hay; pero nel carnal, no me moví, además decidí que no me verían y pedí un periódico al mesero para repetir el viejo truco.

En primera plana venía la foto del candidato, el discurso que se acababa de tirar en Chalco y el itinerario que seguiría en Sinaloa: en la mañana visitaría algunas de las colonias más pesadas de Mazatlán, a las cinco tendría el mitín en el Parque Culiacán 87 y en la noche lo mío, lo podría bajar a la entrada o a la salida como quien le va a dar una carta. Esta onda siempre será mejor de cerca, si te tiembla la mano de todas manera no se escapa; pero ¿qué hacía Harry el

Sucio en Culichi, si andaba de chofer del Veintiuno? ¿Le habían dado gas defoliador o qué onda? Tendría que llamar a Elena Zaldívar y sopearla, a lo mejor lo habían enviado para que informara de volada, el Veintiuno necesitaba saber qué onda y yo pues, no iba a poder llamarle, pues sí ni modo que qué, sin embargo pensé que no sería necesario, la telera se encargaría de que se supiera de inmediato en todo el país, a poco no.

Comí mal por estar vigilando a aquellos batos que seguían alegres, risa y risa. En cuanto pude me largué, ya me estaba encabronando de verlos reírse, y ya ves que nomás me encabrono me tengo que desquitar. Tú te ves tranquilo carnal, como te dije, un bato acá, lo único que se te nota es esa cicatriz en la cabeza, pero bueno, cada quien su rollo y que Dios le ayude, a poco no. Total, me fui, entré a mi habitación, prendí la tele y me puse a pensar qué onda, qué hacía aquel par de felones en Culichi, cómo se llamaba Harry el Sucio, ¿se hospedaba en el hotel o solamente había ido a saludar a Kalimán? Llamé a la administración, Perdone señorita, ¿en qué habitación está Bernardo Gascón?, ¿usaría nombres falsos el bato o se registró con el propio?, Un momento por favor, y después que no, que no lo tenían registrado; pues claro, los batos eran puercos pero no trompudos, ya parece que se iban a registrar con sus nombres. Un rayo después pasó Kalimán silbando *Michelle*, carnal, ¿sabes cómo se llamaba?, Andrés Rodríguez, y tampoco estaba registrado, pues sí ni modo que qué; el bato se metió a su cuarto y no volvió a salir mientras estuve vigilando. Busqué la tarjeta de Elena Zaldívar y le marqué, llamó tres veces y luego chale carnal, contestó una grabadora, Hola, dijo, Soy Elena Zaldívar, por el momento no puedo contestar su llamada, deje su recado y su número telefónico después de la señal; Ándese paseando, para eso me gustabas, pensé, le iba a dejar dicho que mandará dos bestias de carga y una de silla, pero me arrepentí, pues sí, ni modo que qué, además quería invitarla al cine; total, le estuve haciendo al loco pero no se me ocurrió qué decir, ¿tú crees que en este negocio uno deja recados en grabadoras? Nel ni madres carnal, aquí las ondas se hablan frente a frente, cara a cara, como dice el doctor Morales, uno de los especialistas en box de Televisa.

Total, colgué el teléfono sin decir ni media palabra, pues sí, ni modo que qué. ¿De veras carnal, no se te antoja la coca con galletas pancrema? A mí a estas horas de la madrugada como que me sabe más sabrosa, ah, pero de la blanca no tengo carnal, ya te dije, pura coca negra y aquí en el drenaje está cabrón conseguir de la otra, si quieres ya que amanezca salimos a buscar, conozco unos compas que venden en una escuela secundaria aquí cerca, órale, ya que amanezca la armamos, por lo pronto sigo con mi rollo. Mientras veía la tele me puse a madurar la idea de darle baje al Chupafaros, pinche Charis, qué gacha se había portado. No sabía en que escuela daba clases, así que el punto indicado era el café donde se reunía con sus amigos a hablar del subcomandante Lucas, del muro de Berlín y a lo mejor hasta de Timoteo Zopli-ti. Pinche Charis, tan bien que la habíamos llevado, ¿por qué tenía que ponerse en ese plan cuando más ganas tenía de verla, de acariciarla, cuando más la necesitaba?; que era cumpleaños del bato, ¿y qué?, ¿cúantas veces yo había cumplido años y ni por teléfono la había molestado? No me la andaba acabando carnal, neta, el Chupafaros debía morir y sólo tenía ese día para darle cran.

Mientras oscurecía vi *Volver al futuro*, no recuerdo si fue la uno o la dos. Cuando calculé que ya estaría el Chupafaros en el café me fajé la fusca, apagué la luz y me dispuse a salir, serían las siete y media, ocho de la noche; antes de abrir la puerta oí las voces chilangas, qué onda, me quedé quieto esperando que pasaran, pues sí ni modo que qué, reían de buena manera, no alcancé a escuchar lo que decían pero sí percibí un olor característico que yo conocía muy bien: el olor del Willy, ándese paseando, qué onda, ¿es posible que dos batos huelan igual? Simón, pero ¿sabes qué?, estaba cabrón, el olor del Willy era el olor del Willy, algo muy especial carnal, algo único, era, por así decirlo, el mismo Willy. Qué onda, no pues, no me la andaba acabando, eso era lo que a mí me caía gordo de la vida carnal, no sé si te pasó, que a veces se acomodaba de tal manera que no entendías ni madres, a poco no, ¿qué chingados tenía qué hacer el Willy, que era mi amigo, con estos cabrones?, qué rollo, ¿y por qué aparecía justo en el momento que yo quería resolver un asunto perso-

179

nal?¿Que por qué te digo todo este pinche salivero? Pues porque Harry y el Willy venían con Kalimán y se metieron en su cuarto. Total, qué patada, qué onda, aluciné un buen rayo sobre este rollo hasta que me di cuenta de que estaba clavado en la Biblia, qué onda, me dije y me largué al Chics donde el Chupafaros debía estar echando rollo con su raza.

Tomé un taxi y me bajé una cuadra antes de llegar. Mi plan era entrar, saludarlo y meterle un tiro en el corazón. Entré y después de wachar a todos lados lo descubrí en el fondo acompañado de un bato, estaba de espaldas a la entrada, era inconfundible, grandote y con el pelo un poco largo y ahí te voy carnal, en chinga, pues sí ni modo que qué, esa onda cuando ya se va a hacer entre más pronto mejor, te entra algo en el cuerpo que no te la andas acabando, siempre quieres acabar de volada; yo creo que se calienta la sangre porque sudas machín. Total, llegué a la mesa todo simpatía, dispuesto a decir: Fito, ¿qué onda, cómo estás, arreglando el mundo como siempre?, y ¿qué crees, carnal?, no era el bato, chale, me quedé con la sonrisa en la boca, y aquél se me quedó viendo, como diciendo, ¿Qué pasó, me confundiste o qué?, pero no dijo nada; total me retiré sin darle disculpas o algo, pues sí ni modo que qué, a lo mejor él debía ofrecerme sus cumplidos por no habérmelo descabechado por la espalda, a poco no.

Me largué de ahí y me fui pensando dos cosas: que le iba a llamar a la Charis para hacérsela cansada y que le iba a pedir de favor al Willy que le diera cran al Chupafaros; se lo iba a pedir por teléfono. No se la iba a acabar, pero tendría que entender que así es la vida, que unas veces se pierde y otras se deja de ganar. Regresé al hotel. Pedí al taxista que me dejara en el estacionamiento, a un lado del jardín, me bajé y lo primero que vi fue el picapón del Willy, estacionado ahí mismo, qué onda, ¿todavía estaba con los tragaldabas? ¿Cúanto tiempo había estado fuera?, quizá una hora, caray, habían tenido una conversación larga. Me dirigía a mi habitación pensando que mejor hubiera esperado al Chupafaros, cuando me tuve que clavar de volada en unas matas, porque el Willy estaba saliendo de la habitación de Kalimán, traía una bolsa negra de plástico en la baisa, de esas que utilizan para la basura, Órale, pensé, ahí te llevo con tus amigos pinche Willy. Llegó al picapón y se largó. Media hora después y de puros puntos le llamé a la judicial, Salió de comisión, me informaron después de decir que era su hermano y esperar un buen rato. En su casa no tenía teléfono, luego le marqué a la Charis y nadie respondió; pues sí, era la hora de estar en la disco con el mariachi, pensé, ahora le gusta tanto bailar al bato que ya hasta se olvidó de ir a discutir sobre el subcomandante Lucas y Europa del este con la bola de locos que le siguen el rollo. Me eché un pase y fui a echar un lente a la disco a ver si estaban allí, pero nel, estaba vacía, Culichi no es como el Defe, donde todos los días los bares están a reventar, allá la raza tiene otras costumbres, van a las cantinas más bien de día.

Ya en mi cuarto vi el noticiero de Abraham Malinovski, y la sección de deportes con el joven Mosqueda, a quien también le decían El Primer Espada. Todo normal: gente matándose en todo el mundo, mi presi en Los Pinos, las campañas al fin habían tomado vuelo. Mientras veía la película *Electrodanza* o *Fiebre de sábado por la noche*, no me acuerdo, estuve repasando cómo iba a cazar al bato; pero algo me intrigaba, ¿qué onda, por qué ese afán de que lo bajara en público? ¿Acaso no sería mejor en privado? Cuando estuviera solo, como Olof Palme, que salió de un cine bien tranquilo, ¿por qué a huevo tenía que ser como a los Kennedy? De todas maneras iba a estar muerto y se les iba a acabar el problema, digo, no entendía por qué debía de ser tan exhibicionista, a poco no, y por qué en Culiacán. El Veintiuno había sido muy claro: el que paga manda, y alégale al ampayer. Estuve clavado en ese rollo mucho tiempo, qué patrones tan locochones, ¿no?, luego me puse a tomar coca y a comer galletas pancrema. ¿Has oído el sonido de las galletas pancrema cuando las muerdes y las masticas? Carnal, qué cosa más maravillosa, como si tuvieras pájaros en la boca, a poco no, si nunca has comido galletas pancrema en la noche, cuando todo está calmado, acá, machín, de lo que te has perdido, se puede decir que todavía no has nacido, y luego ahh, te las bajas con coca, y pa qué quieres carnal, un hombre con eso puede ser feliz, no necesita más. Total ahí estoy oyéndome masticar galletas bien acá, tomando coca, viendo la tele y craneando que era mejor bajarlo a la salida de la cena, cuando el bato estuviera bien comido y el Jiménez anduviera más tranquilo, confiado en que todo había salido bien; seguro ya sería tarde y no habría borregada que lo obligara a salir a la calle Paliza, entonces saldría por la alberca, entraría a la parte donde está El Parque, rumbo al elevador, donde yo lo estaría esperando con una carta en la mano y sobres, a como te tiente. Era fundamental sorprender al Jiménez y a sus sacatripas, con tres segundos que se tardaran en desenfundar yo estaría fuera y cerca de la moto, y ahí nos vidrios cocodrilo, si te he visto no me acuerdo.

Ya estaba amaneciendo cuando fui al baño, no había dormido ni madres, oriné, me miré en el espejo y carnal, no me hubieras reconocido, qué jodido estaba: chupado, sin rasurar, con los ojos hundidos, chale, tenía razón el Willy, como si el reflejo no fuera yo, no me la andaba acabando, ¿por qué estaba tan cateado? Chale, tenía tres noches sin dormir y aparte la chinga que me había acomodado el Vikingo, estaba pal arrastre. Me acordé de mi amá, neta que en ese momento deseé que mi amá estuviera conmigo, incluso estuve tentado a llamarle por teléfono y decirle cualquier cosa, cualquier rollo nomás para oírle la voz; pero nel carnal, ese era el día del hechizo y debía comportarme como el más fuerte, como el más cabrón, como el único en el mundo, pues sí, ni modo que qué. Luego me acordé de la Charis, pinche vieja, pensé, ojalá no te vea nunca en la vida, pinche vieja sarreada, nunca de los nuncas quiero verte y es más, si te veo te voy a descuartizar, te la voy a hacer gacha, nunca le he hecho nada a una mujer pero ya es hora, y qué bueno que voy a empezar contigo, así que no te me atravieses pinche vieja relinga. Me vino un pinche coraje que no me la andaba acabando, quebré el espejo, rompí el lavabo y le di en la madre a la puerta y a la división de plástico que estaba en el baño, pues sí, ni modo que qué, ya te dije, soy humano y tengo sentimientos.

Era de madrugada y nadie se apareció a averiguar qué era ese pinche desmadre que traía. Total, salí del hotel y me fui caminando por el puente rumbo al centro de la ciudad. No sé si te he dicho, el hotel estaba en las afueras, muy cerca del punto donde se juntan dos ríos, el Humaya y el Tamazula, y ahí voy rumbo al centro; pasaban pocos carros a esa hora, sentía el aire fresco, acá, machín sobre la feis y me reanimé, se me acabó de bajar la rabia, afortunadamente nomás me había hecho un rasguño; me puse a alucinar que la vida era chila, que valía la pena vivir, y más ahora que me iba a forrar con el medio melón de cueros de rana, me dije que ni madres, que esa noche no iba a fallar, que la iba a hacer gacha, que iba a actuar con la mayor rapidez y concentración de que era capaz: disparar una vez y huir. Una vez a la cabeza, luego no me iban a ver ni el polvo. Me acordé del Veintiuno, qué onda, ¿tendría listo lo que me debía?, a lo mejor no podría recogerlo pronto, pero era bueno saber que estaba disponible.

Completamente calmado llegué al malecón, donde un montón de gente andaba corriendo: hombres y mujeres, viejos y jóvenes, de tocho morocho. Como decía la Charis, ahora la gente se muere muy sana. Me acordé que según el programa, al día siguiente tendríamos al candidato ahí corriendo con los atletas de la ciudad, simón pensé, va a correr pero en el cielo, porque aquí no se va a poder, pues sí ni modo que qué, y ¿sabes qué carnal? Se me iluminó el coco, qué onda, ¿qué tal si en vez de bajarlo en la cena lo bajaba ahí, mientras corría? Cuando menos no iba a haber tanta gente. Me clavé en esa idea y neta que entre más la craneaba más viable me parecía, más acá, más segura. Caminé todo el malecón para ubicar el lugar preciso, la moto seguía siendo indispensable. Dispararía sin detenerme, ya te dije, el aire fresco me había despejado y para cuando llevaba recorrido medio malecón ya se me había olvidado la cena. Esta decisión ha sido una de las más acertadas que yo he tomado en mi vida carnal, y vas a ver por qué.

16

El último día me la pasé de lo más prendido, por eso te digo, de la que me salvé. No me dio hambre, no me dio sed, no me dio sueño, me la pasé a base de perico y coca con galletas pancrema, mi único vicio, ya sabes; por ahí a mediodía llamé a la Charis, pero nel, no contestó, a lo mejor estaba ocupada con el Chupafaros, digo, ¿era lo normal, no? Para eso se habían casado, pues sí ni modo que qué; luego me puse a pensar que tenía que quitarme esa onda de la cabeza: quitármela quitármela quitármela. Fuera Charis de mi cabeza, fuera, fuchi; no me la andaba acabando, pues sí, no quería desgastarme más de lo que estaba y menos en esas horas en que tenía que estar bien concentrado para no regarla al día siguiente. Todo tenía que salir de pelos, acá, machín.

Estaba wachando una película, no me acuerdo cuál, serían como las tres de la tarde cuando oí pasos apresurados, qué onda, ¿se está quemando el hotel o qué?, y tocaron una puerta, de puro chismoso me asomé por la ventana, lo primero que vi fue el jardín relumbrando de chilo, acababa de entrar la primavera; lo segundo fue a Kalimán y a Harry el Sucio hablando por un celular; ambos se fueron tendidos como bandidos. Con ganas de gritarles: Cabrones, no van, los llevan, pero me quedé callado el hocico, pues sí ni modo que qué, ni siquiera había saludado a los batos, no tenía por qué darles carrilla; sin embargo agarré cura yo solo, acá machín, bien locochón.

Faltaba poco para el mitin del candidato ¿qué hacer? ¿Debía ir? Pero qué iba a andar yendo, capaz que me encontraba al Jiménez y pa qué quieres, además tenía hueva y la película que veía estaba bien; pero nel, ya ves cómo es uno, al rato agarré el rollo de que debía ir, cierto que iban a estar presentes toda la mancha de jodidos, sin embargo algo me decía que tenía que asomarme cuando menos a zorrear, a echar un lente a ver cómo corría el agua. Estuve pensando de qué me iba a disfrazar y de mi maleta saqué un pantalón Levis, una lima blanca algo vieja y unas calcas con suela gruesa de esas que usan los jóvenes. Me acordé que las había traído para andar cómodo pero con el recibimiento del Vikingo se me había olvidado, casi ni se había animado el bato a meterme una chinga; total, me puse la lima, el tramo y me miré en el espejo que acababan de instalar y cincho cargado a mi cuenta. No tardé mucho en decidir de qué me iba a disfrazar, pues lo que estaba viendo en el espejo era un indio patarrajada hecho y derecho, carnal, nomás me faltaba el penacho, y ¿sabes como me iba a llamar? A ver, adivina, como dicen, tú que todo lo sabes y lo que no lo inventas, Qué Toro Sentado ni qué las hilachas, Timoteo Zopliti me iba a llamar, si alguien preguntaba mi nombre ése le iba a decir, ya ves que a veces los batos que reparten las tortas nomás por curársela preguntan a los indios sus nombres, dizque hablan muy musical, ¿tú crees? Total, me caían bien gordos los pinches indios e iba a ir disfrazado de indio, ni modo carnal, ya ves que hay veces que uno pierde y otras en que deja de ganar; además con lo jodido que andaba no podía parecer otra cosa, me habían puesto la sangre pero todavía me miraba bien flaco, aparte casi no había dormido y ningún día había comido completo; nunca carnal, ahora que me acuerdo, había sufrido tanto para hacer un trabajo, no me la andaba acabando, pero qué importaba, iba a hacer un jale machín y me iba a embuchacar medio millón de dólares.

A eso de las cuatro me fajé la Walther calibre nueve milímetros, una pistola alemana del más puro estilo militar, de quince tiros y me arranqué, ábranse cabrones; ya no traía mi credencial de periodista, el Vikingo me la había gananciado igual que la Beretta, así que tomé la charola que de milagro se había salvado, y esa era una buena onda carnal, neta, no sé si lo sepas, pero una charola es como tu otro yo, es una parte de ti muy importante y cuando se te pierde haz de cuenta que te arrancan un pedazo, pregúntale a cualquier guarura o a cualquier agente si ha perdido alguna vez su charola y verás que no te miento, te va a contestar que se sintió de la chingada, estoy seguro, pues sí ni modo que qué, una cosa va con la otra.

Tomé un taxi que me dejó a unos cien metros del Parque Culiacán 87. Había un desmadre: camiones, carros, raza por aquí y por allá, vendedores de jícamas, cocos y refrescos, todo mundo con sus gorras del PRI; empecé a caminar entre el gentío buscando a mis iguales, o sea a los indios, los hallé todos mosqueados, chale, y caminé con ellos, pues sí ni modo que qué, y no creas que los hice pendejos, nel ni madres, los pocos que me wacharon me miraron raro, como diciendo, ¿y tú quién eres?, ¿de dónde vienes? Y yo, ya sabes, listo para contestarles, Soy Timoteo Zopliti, de San Cristóbal de las Casas, Chiapas, pero como te digo nomás me wachaban sin decir palabra; en cuanto pude me desafané, olían regacho carnal, ese pinche olor ácido que no sé de donde lo sacan, apenas el Willy les hacía competencia, incluso el olor de aquí, del drenaje profundo, no se me hace tan gacho, a lo mejor el olor de la mierda no es tan desagradable como el olor del cuerpo humano vivo, a lo mejor por eso usamos desodorante y esas ondas, apoco no; de todas maneras me mantuve cerca de ellos, pues sí, ni modo que qué, me convenía que pensaran que era de esa raza. Lo único que me gustaba de ellos era la canción de la Trigueñita hermosa, ¿la has oído carnal? Esa que dice: «Trigueñita hermosa, linda vas creciendo, como los capomos que se encuentran en la flor...» Llegamos al gimnasio y de volada ubiqué el desmadre, entré con los indios hasta las gradas, pasé por un lado del Vikingo y ni en cuenta, y yo con ganas de apuntarle con la Walther y decirle: Llegó tu hora Vikingo, pero antes, ¿qué onda con mi fusca? Pero nel, tenía que comportarme juicioso, ya llegaría la hora de ajustar cuentas. No vi al Jiménez, seguro venía con el candidato, y qué bueno, porque con los aparatos que usaba hubiera detectado el arma antes de que yo pudiera usarla, ya te dije que estaba pesado.

Me arrané muy cerca de la entrada, junto a los indios. El gimnasio, no sé si ya te dije, era un galerón como un almacén, estaba tapado solamente por un lado, en un rincón tenía el estrado donde el candidato se iba a tirar su rollo y yo estaba en el otro extremo, al filo de la entrada, pues desde ahí podría wachar a los de adentro y a los de afuera, chilo. El local estaba a reventar, la raza con sus banderitas y pancartas, ya sabes, bien acá, un griterío que no se la andaban acabando, machín, igual me había tocado verlo en la campaña de mi presi. El Vikingo dirigía a su gente con un boquitoqui, andaba en chinga; reconocí al achichincle que se movía muy cerca del estrado wachando a toda la pípol; busqué al Willy adentro pero pronto agarré la onda de que con lo baquetón que era donde tenía que estar era afuera, y sí, me clavé hasta que lo descubrí bajo una pingüica echándose aire con la gorra de judicial, qué onda pinche Willy, con ganas de gritarle, Ése es el amor que le tienes a la camiseta, baquetón, pero nel, en ese momento yo era un indio patarrajada y a esos cabrones nadie los oye ni aunque griten. Si le gritaba capaz que los otros judiciales me la hacían gacha, así que mejor me puse a wacharlo y a curármela solito, pues sí ni modo que qué.

Estaba en eso cuando ¿quién crees que llegó muy mona a saludarlo?, está de no creerse carnal: mi amá cabrón, mi amá llegó y saludó al Willy en muy buena onda, venía con otras viejas del barrio, chale, ¿qué tenía que hacer mi amá allí? Si había dicho que iba a votar por Otilia Rojo, qué onda, ¿de qué se trataba, qué no sabía lo que era la democracia? A lo mejor sólo andaba de chismosa, sin embargo me jodió, imagínate si me reconocía, no me la andaba acabando, porque ya ves como son las madres, son unas fieras para reconocer a sus hijos aunque anden disfrazados; y el Willy qué onda, se cabreó cuando vio a mi amá y se puso a hacer su jale de volada. Imagínate cómo me puse yo, n'ombre, no me la andaba acabando, con ella allí lo único que quería en ese rato era largarme, pues sí ni modo que qué, no iba a dejar que me reconociera. Un morro andaba repartiendo cachuchas de cartón, me dió una con una sonrisa que me cayó de perlas, así me veía igual que los demás. En eso llegó el candidato, ya había decidido largarme en cuanto mi amá se metiera o me dejara un espacio para tirarme a perder, pero llegó el bato y con él muchísima gente. Se hizo un desmadre, Barrientos sonreía y saludaba mientras el Jiménez y su equipo le abrían cancha para que llegara al estrado desde donde mandaría su mensaje a la raza. La tambora, carnal, a todo lo que daba, el Jiménez con dos celulares y un boquitoqui mandaba señales pa todas partes, la raza prendida, agitando sus banderitas y echando porras, «Duro, duro, duro», hasta mi amá traía su banderita y la movía bien emocionada: seguro ya había chaqueteado. Desde donde estaba pude ver un resto de raza conocida, entre ellos a mi compa Cifuentes, me dio gusto verlo, con ganas de gritarle Qué onda pinche Cifuentes, ¿dónde dejaste a Brenda?, pero nel, ahora yo estaba del otro lado y además tenía que callarme el hocico, pues sí ni modo que qué.

En lo que el candidato avanzaba se distraía en saludar, recibir cartas, carpetas y peticiones, ya sabes, de lo más símpatico; cuando llegó al estrado se sentó en una mesa larga con otros políticos y empezó el rollo, y yo con un ojo al gato y otro al garabato, no hallaba la hora de largarme, ya me había arrepentido de estar ahí, pues sí, todas las salidas estaban bloqueadas. Mientras los políticos echaban su rollo, que igualdad para todos, que la cultura del esfuerzo y no del privilegio y quién sabe qué más, mi amá y sus amigas se acomodaron en el otro extremo de la entrada y más o menos me dejaron el campo libre, chilo, pero afuera estaba el Willy, muy cerca de la entrada, y junto a él el Vikingo, pero tenía que correr el riesgo. El único que podría reconocerme, además de mi amá, era el Willy, pero como te digo era baquetón y estaba engentado. Ya me iba a mover cuando apareció Harry el Sucio muy cerca de donde yo estaba, y Kalimán no andaba lejos; estaban muy atentos, pero no a las palabras del candidato, sino a todo lo que se moviera o pudiera parecer sospechoso, se veía que los batos eran pintos viejos; los estuve wachando y agarrando cura, se movían, iban para arriba y para abajo observando con mucho cuidado, alertas, bien machín; luego Harry se acercó al Willy, que ahora se hallaba a un lado del Vikingo, algo le preguntó, el Willy le dijo que no con la cabeza, que todo estaba bien, y como para demostrarlo wachó para todos lados incluyendo donde yo estaba, chale carnal, me tuve que voltear en chinga para donde estaban los verdaderos indios. Casi me tuerce, aunque quién sabe, ya ves que a los indios ni quién los tome en cuenta, ellos tienen la culpa por no bañarse, a poco no. Seguí wachando wachando, Harry andaba por un lado y Kalimán por el otro, el Willy atrás y yo agarrando cura, pues sí ni modo que qué; neta que exageraban, eran los únicos tragaldabas que traían ese rollo, los otros en su posición, alertas y eso, pero nomás; se miraban rechistosos, como desesperados, pero bueno, quién sabe qué órdenes tendrían los batos, ya ves que el Jiménez era muy especial, lo que sea de cada quien. Cuando Barrientos terminó su discurso los batos seguían con su rollo, vigilantes, alertas, acá.

Entonces el candidato salió y lo siguió todo mundo. Hubo más porras, más gritos y tambora que es la música de mi tierra, era un desmadre carnal, ya te dije, por estar clavado en los batos no vi para donde se habían ido mi amá y sus amigas. El cabecilla de los indios dio la orden de seguir al candidato, estos se levantaron y yo salí junto a ellos. Ya no pude ver lo que pasaba pero no me quise arriesgar, había demasiados moros en la costa, entre los indios estaba seguro y de ahí nadie me iba a mover, pues sí, hay que ser puerco pero no trompudo; además los batos ya ni me pelaban. Cuando íbamos entre la multitud, rumbo a la salida, vi que los guardaespaldas se habían largado con el candidato, sólo divisé a Harry y a Kalimán, como sacados de onda. Me acuerdo que mientras nos acercábamos el Harry, que estaba adelante de nosotros, habló por su celular, yo traía mi cachucha de cartón hasta las orejas pero no le perdía pisada, qué onda, lo estaba wachando machín; no por algo carnal, no creas, nomás por agarrar cura, por eso cuando pasé a su lado oí muy bien que dijo: «Cero», así dijo el bato, cero, y yo agarrando cura, órale bato, ahí te llevo con la clave. Luego guardó el aparato y se reunió con Kalimán que andaba por ahí wachando a la gente que se iba agitando sus banderitas. Lo último que vi fue que le hicieron una señal al Willy y se largaron en un carro azul. ¿Qué onda con el Willy? ¿Qué relación tenía con Harry y Kalimán? No pues, en realidad no entendía, si eran amigos pues, qué más daba, ya te dije que el Willy era capaz de todo. Yo me seguí hasta la salida del parque con los indios, ya no aguantaba la peste, pero hubiera sido peor ser reconocido por el Willy o por el Vikingo, para no decir lo que hubiera ocurrido si me reconocen mi amá o el Jiménez, chale. De pronto se acercaron dos batos con un cartón de tortas y una caja de refrescos para darnos, ahí me desafané.

Tomé un taxi y le pedí al chofer que se fuera por el malecón desde el puente Juárez hasta el Almada, que está en la salida a Los Mochis y es por el que se llegaba al hotel. Me fui wachando wachando con mucho cuidado, cuando llegamos al Almada le dije al bato que se regresara y ahí voy wachando de nuevo, con mucho cuidado, en este negocio no se vale equivocarse, aquí el que se equivoca marcha, y marcha gacho. En el puente Juárez me bajé y tomé otro taxi. En total repetí tres veces el recorrido. En el último le pedí al taxista que me dejara en el Teatro de la Ciudad, que también está por el malecón. El lugar que más me gustó para hacer el jale fue enfrente del teatro, un poco cargado a la derecha, no sé si me entiendas, así divisaría al candidato, lo agarraría de frente pum pum, a como te tiente, para luego salir disparado por el callejón Corona, una callecita de cinco o seis metros de ancho que años atrás nos había traído buena suerte al Willy y a mí. Allí nos habíamos bronqueado con cuatro batos del Coloso a los que les había molestado el olor del Willy y les habíamos puesto una zapatería, ya sabes, con el arma letal del Willy: el patín a la feis, que no es por presumir pero a mí no me salía tan mal, claro, el Willy era palabras mayores.

Anduve wachando el lugar y no sabía si el bato iba a venir corriendo del rumbo del Almada o del Juárez, pero yo le iba a llegar, y luego saldría huyendo como tapón de sidra. Ya tenía vista la moto de unos gringos que se hospedaban en el hotel y que estaba de pelos. Hasta se me ocurrió que la podría manejar el Willy y que luego le pasaría una lana para que se alivianara, con quebrada y hasta dejaba la judicial y se dedicaba a robar volkswagens para venderlos, pero nel.

Llegué al hotel y me clavé en el cuarto, le llamé a Elena Zaldívar pero no estaba, me contestó la misma grabación; qué onda, el Veintiuno había dicho que a cualquier hora me iba a contestar y ya iban dos veces que no estaba . A lo mejor ella también estaba ocupada como la Charis. Nomás de puros puntos le marqué, pensé, si me contesta el Chupafaros lo amenazo y cuelgo: ¿Sabes qué? Llamo para decirte que vas a morir, es demasiado el escándalo que andan haciendo tú y tus amigos con lo del subcomandante Lucas, ¿qué no has aprendido que en este país nada va a cambiar? ¿Por qué tienes que morir para escarmentar? Pero nadie respondió, lo dejé sonar como diez veces y nada, pinches güeyes, seguían cochando, igual que Elena Zaldívar.

Debía ser la medianoche cuando oí los pasos pesados de Kalimán con sus cien kilos de peso. Estaba viendo una película de vaqueros, escuché cómo pasaba por mi ventana, me hubiera gustado saludarlo, qué onda Kalimán, cómo te fue en el mitín; pero nel, estaba a punto de entrar en acción, no me había reconocido y no debía quemar mi suerte en tonterías, ya ves cómo salen las cosas después: que yo lo vi, yo lo llevé, lo vi comiendo, no se la iban a andar acabando, y no cometería yo ningún error a estas alturas del partido, pues sí ni modo que qué. Como a las doce y treinta fui a ver la moto. Los gringos se hospedaban en la parte más alejada de la administración, en la última cabaña. Llegué y ahí estaba estacionada, una maravilla carnal, no sé si te gusten las motos, era una Honda CBR 900 de ciento cuarenta y cinco caballos y novecientos centímetros cúbicos, o sea que iba a salir disparado a unos trescientos kilómetros por hora, no me iban a ver ni el polvo esos cabrones. Una moto de aquéllas carnal, más potente que un Mustang, apenas habían salido al mercado. Era anaranjada con negro. Mi cuerpo iba a quedar horizontal, o sea que no iba a ser blanco fácil. No más de verla me sentí seguro de que el jale iba por buen camino. No me quise acercar por aquello de que tuviera alarma, pero estaba perfecta.

La corrida del candidato iba a ser a las seis y media. Una hora antes tocaría a la puerta de los gringos, qué onda y al que saliera lo iba a amacizar, Haló gringo, nais tu mityu y pistola a la cabeza, ¿sabes qué?, necesito tu moto, dame las llaves, y si la haces de pedo a como te tiente, pues sí ni modo que qué; ya ves que dicen que los batos nos han robado un chingo. Si no hablaba español pues a señas, en fin que el lenguaje de los ladrones también es universal, a poco no; de ahí me iría al teatro, esperaría, y en cuanto se pusiera a tiro pum pum y órale, ahí nos vidrios cocodrilo, si te he visto no me acuerdo y saldría destripado por la calle Corona. Waché la onda y regresé, ahí vengo caminando un poco acá, locochón, clavado en la Biblia, bien relajado, cuando voy viendo a dos batos que venían del lado de la alberca, de volada los reconocí y me arrané entre unas palmeras: eran el Willy y Kalimán, qué onda, que andan negociando estos cabrones a esta hora, me pregunté, y los seguí, un poco adelante tocaron en una puerta y entraron; Esa habitación tiene que ser la de Harry el Sucio, pensé, y me acerqué con mucho cuidado. De pronto me entró una sensación bien gacha, no me la andaba acabando, llegué hasta la ventana y empecé a oír sin mayor bronca, ya ves que en los hoteles de ahora se oye todo, te digo que me sentía bien gacho carnal, como si tuviera vidrios en la panza, algo así, bien tumbado, chale, pero me clavé a oír. Son pendejadas, dijo una voz que luego identifiqué como la de Harry el Sucio, Yo lo vi, decía el Willy, estaba jodido pero siempre fue un cabrón muy correoso, habíamos quedado de acuerdo en que si se cambiaba de hotel yo lo iba a llevar, Pues se esfumó, tampoco apareció en la cena, dijo Harry, Y el jefe está como agua para chocolate, Pues en el Executivo tampoco está, agregó el Willy, Ni en el San Marcos ni en el San Luis, Si estuviera en el San Luis quizá ya lo hubiéramos encontrado, dijo Harry, que a güevo era el jefe de los otros, ¿Sabrá algo ella?, preguntó Kalimán, No creo, dijo el Willy, El bato siempre fue muy reservado, además le pregunté que si andaba con ella y dijo que nel, que hacía un resto que no la veía; chale carnal, pinche Willy, me estaba cayendo el veinte y ya no tenía esa sensación tan fuerte, Si supiera algo ya lo habría dicho, dijo Harry carraspeando, ¿Qué vamos a hacer?, quiso saber Kalimán, Esperar que aparezca en la carrera o en el desayuno, respondió Harry el Sucio, Aunque lo dudo, debió haberlo matado esta tarde en el mitín; se hizo un silencio en que tuve ganas de gritarles, Ora putos, qué pedo se embotellan, pero nel carnal, más bien me empezaba a encabronar. Harry siguió hablando, luego dijo, Willy, ven por nosotros a las seis, creo que será mejor ir en tu camioneta, un par de veces me pareció que Jiménez me miraba más de la cuenta y no me gustó, no estoy muy seguro pero como que disimulaba. Hay que tener cuidado, dijo, Simón, pensé, y me volví a esconder. Kalimán y el Willy salieron muy tranquilos, los seguí de lejos, el Willy se fue en su picapón y Kalimán se metió a su cuarto. ¿Qué hacía yo clavado en la Biblia a esas horas de la noche?, pues nomás carnal, nomás me acababa de dar cuanta que a quien aquéllos cabrones buscaban era a mí, a poco no. No me la andaba acabando.

17

Era la una y media de la mañana cuando salí de la habitación de Kalimán, que se acababa de reunir con sus antepasados. Había un silencio machín, acá, alucinante. Caminé tranquilo hasta llegar a la pieza 125, que era la que ocupaba Harry el Sucio. Se oía ruido de tele y toqué, Lo que se vaya a cocer que se vaya remojando, pensé, Harry abrió sin preguntar quién era; si bien tardó en reconocerme a la que reconoció de volada fue a la Walther 9 milímetros que coloqué muy cerca de sus ojos; Eh, ¿qué pasó?, dijo el bato antes de que lo empujara y cerrara la puerta tras de mí, ¿Qué no me andabas buscando?, respondí acá, bien chilo, como en las películas, mientras le quitaba y me fajaba una Colt 45 Doble Águila que traía en la sobaquera y una Springfield 38 Especial de la cintura, Macías, ¿qué pasó, de qué se trata?, insistió el bato con una sonrisa acá, irónica, Ah, ¿no sabes de qué se trata?, le respondí, Ya se te olvidó, y le asesté un madrazo en la cara, especial para recuperar la memoria. Oye cálmate, ¿a dónde quieres llegar? Dijo sin limpiarse la sangre que le escurría, y tratando de taladrarme con la mirada, Debería preguntarte algo, le dije, pero tu amigo Kalimán ya soltó la sopa. Carnal, era un bato grandote, como de uno ochenta y cinco, al lado del cual yo parecía pigmeo, ¿Te contó todo? No sé si me haya contado todo, lo que sí sé es que me contó lo suficiente para que le perdonara la vida, dije, y él seguía sonriendo y como burlándose de mis huesos, chale, Entonces no te contó todo, insistió el bato, como curándosela y me sacó de mis casillas, Conmigo no te quieras pasar de vivo hijo de tu pinche madre, y le metí una patada en los huevos y un pistoletazo en la cabeza, con los que fue a dar sobre una silla que estaba cerca del clóset, No estoy jugando, agregué bien encabronado, y me entraron unas ganas de matarlo que no me la andaba acabando, no lo hice porque se me antojaba preguntarle algunas ondas sobre quién estaba detrás de todo, aunque en el fondo me valía madre, absolutamente madre y entre menos supiera mejor, si el bato se la volvía a curar le iba a dar piso ahí mismo, pues sí ni modo que qué. La habitación estaba en penumbras, el bato estaba agachado sobre la silla, en la tele pasaban una película pornográfica y se estaba oyendo de lo más machín, le eché un lente a la tele y en menos que te lo cuento el bato me tiró la silla bien duro carnal, era una silla de esas de Concordia, muy pesadas, y acuérdate que yo andaba jodido y débil, así que me caí y pensé, Se me va a venir encima y ahí me lo clavo, pero nel, el bato se lanzó dentro del clóset, que era de esos grandes, le tiré un balazo a como te tiente y le pegué en una pierna; todo pasó así carnal, bien rápido, acelerado como en una alucinación. Me levanté de volada, pues sí ni modo que qué, el bato alzó la voz, Será mejor que te estés quieto Macías, sino quieres arrepentirte, ándese paseando, pensé; no lo veía al güey, se me había escabullido en el clóset, pero simón que estaba herido, entonces se fue parando poco a poco, y de repente amenazó con cortarle la yugular, ¿a quién crees carnal?, no me la andaba acabando cabrón: a la Charis, estaba amagando a la Charis con una 07 y la utilizaba como escudo, qué onda pensé, ¿de que se trata, qué hace ella aquí?, simón carnal, ¿qué hacía esa pinche vieja traidora, que me había abandonado gachamente cuando más la necesitaba, allí, qué hacía amarrada de pies y manos, despeinada, amordazada, toda jodida chillando y seguramente con el hocico hinchado? No sabía qué pensar, qué onda, ¿estoy alucinando o qué?, A mí sí me gusta jugar, dijo Harry el Sucio, Y apostar, me gusta apostar, y te apuesto lo que quieras a que Kalimán no te dijo nada; mierda, el cabrón me la había hecho gacha, me wachaba con esa mirada brillosa de los batos que quisiste gananciar y te gananciaron, chale, se seguía burlando más gachamente el güey. La pinche vieja traidora sollozaba, ¿La reconoces?, preguntó con su pinche risita, no contesté, ella alzó un poco la cara como para que la viera mejor, me echó una mirada, me acuerdo tan bien, como diciendo qué onda Yorch, ya sé que no haces buena pareja pero como amante eres estupendo, nadie te supera y el Chupafaros menos que nadie. No me digas que no la conoces porque no te voy a creer, me interrumpió Harry, Ella dice que sí; pinches Walther carnal, qué pesadas son, esa era una de las ventajas de mi Beretta, en cambio la Walther, apenas tenía un minuto y ya me pesaba el resto, y pues qué onda carnal, ahí estaba la vieja toda friqueada en manos de Harry, ni modo que no me acordara de los buenos momentos, ¿verdad?, teníamos las armas acá, al tiro, como en las películas, y yo recordaba tantos buenos agarrones con la Charis, carnal, tú qué hubieras hecho, Ayer vi que te andaba buscando, dijo el bato, Preguntó en la administración y le dijeron que no estabas hospedado, le dije que éramos amigos y que también te andaba buscando, y quedé con ella que si te veía le iba a decir, hoy en la mañana me buscó para ver si tenía información, le dije que sí y como ves, se quedó a esperarte, nos la hemos pasado bien, ¿verdad, señora? La Charis seguía llorando, abatida, me pareció ver que se le movía la mordaza por el llanto, me extrañó porque era una morra que tenía su carácter y pues, no sé, se miraba rara haciendo su numerito; sin embargo hubo una onda que cambió tocho morocho en mí, fue cuando el bato dijo que ella me había buscado, chale, empecé a sentirme diferente, más acá, machín, como si me hubiera quitado un peso de encima, y si antes me valía madre disparar y darles cran a los dos, en ese momento ni madres, neta que ni madres, de pronto como que me había entrado la ternura y se me había salido el rencor, en ese momento ella volvía a ser la mujer que yo quería, qué rápido,

204

¿verdad? Pues así fue y ni modo que le alegues al ampayer.

No me la andaba acabando con Harry el Sucio, Kalimán me había dicho que me querían bajar, que para eso me andaban buscando, que la onda iba a ser después de que yo le diera piso al candidato; Ándese paseando, pensé, para eso me gustaban, me acordé del Willy carnal, chale, sentí bien gacho, imagínate, yo le doy piso a aquel y luego me dan a mí, no pues, ¿chilo no? Tuve que mandarlo con sus antepasados, me dio un chingo de coraje y en ese momento sentía más y tenía que desquitarlo. ¿Ves cómo se te transforma la cara cuando te encabronas? Pues algo sintió Harry, algo wachó porque se cubrió machín detrás de la Charis, yo estaba más alumbrado que ellos; Será mejor que tires esa belleza sobre la cama, dijo el bato que cincho era un fanático de las armas, Ah, y también las mías, agregó, Sobre la cama, para que no se golpeen, mientras oprimía la 07 en el cuello de la morra. Chale carnal, esas eran las ondas que yo odiaba, andar como un pendejo haciéndole al sentimental; en mi oficio las cosas no pasaban así, no debían pasar así, por eso es que yo nunca hice nada personal, ahí uno debe llegar y órale, a como te tiente, nada de que te estén chantajeando con que Si no tiras la fusca la mato, nel, a ti te contratan para matar un cabrón, vas, te lo echas y ahí nos vidrios cocodrilo, si te he visto no me acuerdo, nada de andar haciendo papelitos que sólo salen en las películas, chale, pero ¿qué podía hacer? Ahí tenía la víbora chillando, ni modo

205

de dejar que le diera piso a la morra; es cierto, la desgraciada me la había hecho gacha, pero también tenía dos días buscándome y como quiera que la veas esa onda cuenta, a poco no, pues sí ni modo que qué, ¿qué hacer? Carnal, me había sacado la rifa del tigre, no podía disparar sin arriesgar a la Charis, y es que el bato estaba bien parapetado mientras me echaba su pinche salivero le podía dar cran, la tenía cincho y aunque se estaba burlando de mí el hijo de su pinche madre, se veía que estaba muy nervioso; él sabía que yo tenía buena puntería y que si se descuidaba se la iba a hacer gacha. Si de veras la quieres y no quieres que muera, suelta esa pinche pistola, gritó el bato un tanto desesperado cubriéndose tras la Charis, que empezó a sangrar del cuello, qué onda y yo con ganas de tirar la Walther, que además pesaba un chingo, parecía que estaba sosteniendo una tonelada de fierro, y ya lo iba a hacer carnal, te lo juro, y es que a pesar de que me estaba muriendo de coraje no le veía salida, pues sí ni modo que qué; no imaginaba qué podía pasar después, ¿se animaría el bato a darme piso? Todavía no me había descabechado al candidato, pero entendía que esa onda no podía seguir siendo mi seguro de vida, cuando menos no en ese momento, y menos si ignoraba qué otras órdenes tendrían los batos.

Como ves, estaba en un pinche callejón sin salida y como decía el jefe H, todo héroe es un sentimental y ¿sabes qué?, eso los pierde, y los pierde gacho; como un flechazo me acordé de la coca y las galletas pancrema y me pregunté si tendría suficientes en mi habitación, ¿Y si le pregunto a Harry el Sucio si le gusta la coca con galletas pancrema?, pensé, qué onda, cincho va a pensar que estoy loco, pero nel, pensando que nel ni madres a ver qué onda, me dispuse a arrojar las pistolas sobre la cama, no pues, hay veces que uno pierde y otras en que deja de ganar, arrojé la Springfield y la Colt, ya iba a arrojar la Walther cuando sonó el teléfono, ring ring sonó, y me clavé en aquel bato, seguro estaba esperando esa llamada con ansiedad, porque levantó un poquito la cabeza sobre la de la Charis, una madrecita, apenas un guato de frente y ahí me lo chingué, rájale, a como te tiente, disparé y le pegué en la pura frente. Con el silenciador lo único que se oyó fue la tele. La Charis por instinto o lo que sea se dejo caer y el bato no la amacizó, yo sabía que no le iba a hacer nada, un médico me había explicado que se acalambran y además con el teléfono, que a propósito seguía sonando, el bato había pensado en otra cosa. Mientras fui a contestar la llamada el Harry cayó encima de la morra, descolgué, Aquí Harry, dije, a ver si le atinaba, y es que nunca me acordé del apellido del bato, y sí, Ven de inmediato, dijo una voz, chale carnal, casi se me caían los calzones, colgué, no me la andaba acabando, era el Veintiuno carnal, que había colgado antes. Kalimán sabía dónde estaba el jefe pero no sabía quién era, me había informado que sólo Harry entraba a su habitación, mientras él esperaba en el carro o en los pasillos. Pinche cerebro carnal, estaba a todo lo que daba, qué onda, cuál era el rollo, de qué se trataba, como idiota me quedé mirando a la Charis que trataba de quitarse a Harry de encima. Qué onda, yo sé que a veces uno pierde y otras deja de ganar carnal, pero qué onda, cuál era el rollo. Me di cuenta que mi cerebro se friqueaba bien gacho con las ondas que no terminaba de entender, pero la verdad era muy sencilla, cuando yo le diera piso al candidato con el mierdero que cincho se iba a formar ellos me lo darían a mí, así de fácil, y el Veintiuno estaba detrás de todo, chale, no me la andaba acabando, pero les falló carnal, ya vez lo que te he dicho: Dios carnal, no estuvo de su parte, simón estuvo de la mía, y te lo repito, si en esta profesión Dios no está de tu lado ni te metas, porque vas a valer madre, así de sencillo, y acuérdate que aquí solamente se vale madre una vez, pues sí ni modo que qué.

No me la andaba acabando, al cabos ni malito me estaba viendo, chale. Ahí te va carnal, simón, fórjate otro, esa mota está muy semilluda pero la hace. De pronto waché a la Charis que aún no podía quitarse al Harry de encima, neta que sentí ganas de dejarla ahí con aquel cabrón apachurrándola, sin poder hablar por la mordaza, pero nel, hay que ser puerco pero no trompudo, si la morra estaba embroncada era porque me había ido a buscar, entonces lo menos que podía hacer por ella era hacerle un paro; así que fui, le quité a Harry de encima, la desaté, le quité la mordaza y en cuanto lo hice se soltó llorando, chale, ¿por qué serán las mujeres así? Y la Charis que como te decía era una morra acá, de carácter fuerte. Le ayudé a pararse sin saber qué decirle, pues sí ni modo que qué, me abrazó llorando y yo la dejé hacer, luego me besó y también la dejé; pasó un ratito y se calmó, estaba muy nerviosa, veía al muerto, a la navaja 07 en el piso y sollozaba, ¿No te duele la cabeza? Le pregunté, Me duele todo, respondió, y es que la bala que había matado a Harry le había quemado el pelo, le había dejado una raya y se le veía el cuero, lloró de nuevo, Yorch, dijo, Te quiero mucho, la abracé suavemente, acá, Te quiero como a nadie, tú lo sabes, pero no entiendo nada de lo que ha pasado aquí, ¿me podrías explicar? ¿Quién es él, Yorch? Chale habían empezado las preguntas, Después, ahora tenemos que largarnos, Yorch, siguió, ¿Qué te ha pasado? Estás muy demacrado, Es parte de lo mismo, después te cuento, ahora nos vamos, recogí las pistolas de Harry, Ayúdame con esto, le pasé la Colt, en la tele continuaban los quejidos, tomé unas llaves del buró esperando que fueran del carro azul y salimos de la habitación.

Había refrescado, el silencio seguía siendo machín, acá, alucinante, yo creo que me cayó bien porque me reanimé, besé a la morra y le pregunté, En qué viniste, En mi coche, Yorch, dijo cuando llegábamos al estacionamiento, ¿De veras me vas a contar? Nunca te imaginé con esa sangre fría y ¿quieres que te diga la verdad? Me has generado una gran alegría, pero mucha mucha alegría, aunque desgraciado, casi me matas, me pellizcó, qué buena onda, ésa era la Charis que yo conocía y con la que me encantaba estar, Y respecto a la otra noche Yorch, qué bárbaro, qué temerario, le iba a decir que no me dijera nada, pero la Charis era una mujer a la que había que dejar hablar, pues sí ni modo que qué, Era su cumpleaños, dijo, De verdad Yorch, era su cumpleaños y no podía dejarlo, no pude dejarlo, no me dio chance, por favor comprende, te he buscado desde el domingo, te busqué en el cuarto que me indicaste pero me dijeron que nunca habías estado allí, es más, nunca estuviste en ningún cuarto, al menos con tu propio nombre, Yorch, quiero que sepas que te he buscado como loca y que no quiero que lo nuestro termine por una tontería, pinches viejas carnal, ve nomás cómo son, con ellas de plano no se puede, imagínate, le llamó tontería a lo que me hizo, fíjate nomás, me friqueó bien gacho, casi me chingo al mariachi, aparte la secuestraron y casi la matan, y todavía la llamaba tontería, te digo que con ellas no hay manera, y si no le dije nada, si no le seguía el rollo, era porque apenas la iba oyendo y porque no quería distraerme, sabía que en un rato me iba a encontrar con el Veintiuno y no quería perder piso, iba clavado en la Biblia carnal, ya sabes, pensando y craneando machín por dónde iba a saltar la liebre, pues sí ni modo que qué, por eso me decían el Europeo, ya te dije, porque simón, siempre pensaba qué onda y me preocupaba por los detalles, y todo tenía que salir de pelos, acá machín, y para eso necesitaría suerte, o sea, necesitaría a Dios de mi lado, es más: Diosito tenía que ser mi acople. Y me acordé otra vez de las galletas pancrema.

210

La Charis subió a su carro, Llámame, dijo, el Fito anda de Chupafaros, el lunes por la mañana salió una comisión de la universidad a Chiapas, dizque se van a entrevistar con miembros del Ejército Zapatista de Liberación Nacional, Órale, pensé, espero que me saluden a Timoteo Zopliti, pero dije, Está bien, yo te llamo luego, y saqué cuentas de que cuando le había llamado y no me había contestado era porque me andaba buscando. Prendió el carro y se fue. Te quiero mucho, dijo. Yo regresé en chinga a mi habitación, me puse una camisa limpia, la corbata de estrellitas, mi traje azul y me largué para el hotel San Luis en el carro de Harry. ¿Para qué quería ver al Veintiuno, acaso no me la había hecho gacha el güey mandándome a Harry el Sucio y a los otros para que me dieran cran? ¿Qué no me había traicionado luego de decir que ése era el negocio de nuestras vidas y que yo era el indicado para hacerlo? Chale carnal, no me la andaba acabando, ¿no sería mejor dejar las cosas como estaban y largarme con el anticipo que ya tenía embuchacado en mi casa? Iba craneando todos esos rollos, simón, alucinando; estaba como agua para chocolate, y ¿sabes qué?, me podía haber devuelto pero resolví que tenía que ver al bato, esa onda no la podía dejar así, tenía que desquitar mi coraje, a poco no, y de paso bajarle lo que me debía el güey, pues sí ni modo que qué.

18

El hotel San Luis está en la parte alta de la ciudad, junto al templo de la Lomita. De ahí se ve machín la ciudad. Serían las cuatro de la mañana cuando llegué, qué onda, una cadena de perro bloqueaba la entrada al estacionamiento, Órale, pensé, ahí los llevo con su modernidad; a un lado había un espacio como para cuatro carros donde estaba estacionada una camioneta blanca, como que de ahí podías seguir a Dios o al Diablo, o sea, ir a la iglesia a rezar o al Morocco a bailar. El Morocco era una disco acá, para gente decente, me acuerdo que era la favorita de mis carnalas y sus galanes. Total, me clavé ahí, la camioneta estaba pegada a la pequeña barda de la iglesia donde uno se podía sentar, me estacioné junto al hotel y me metí como Juan por su casa. Kalimán me había dado las señas, así que llegué sin bronca a la suite número 427. Respiré profundo, acá, machín, lo que se vaya a cocer que se vaya remojando, me encomendé a Dios y toqué. Qué rollo. Abrió el Veintiuno, ándese paseando, Pásale, dijo, Te esperaba, y yo bien friqueado, carnal, qué onda, se supone que al que esperaba era a Harry el Sucio, pero no dije nada, sólo me puse bien trucha para ver qué rumbo tomaba la onda, pues sí ni modo que qué, estaba en la madriguera y con el lobo mayor.

El Veintiuno se sentó en un sillón mientras me invitaba a hacer lo mismo, Ponte cómodo Macías, estaba tomando güiski, ¿qué estaría celebrando? Tenía la botella cerca, además de hielo y como un litro de agua mineral, todo en una mesita, Sírvete, ya ves que es bueno para las emociones fuertes, Gracias, dije, no me la andaba acabando carnal, me sentía pa la madre, No se me antoja, y era la neta, lo que pasa es que yo iba más pacheco que nada y con todo el desmadre lo que menos se me antojaba era beber; Claro, cuando haces tratos no bebes, dijo el bato agarrando cura, Órale, pensé, ya estas dando color, Macías, siguió el bato, Te felicito, creo que todo lo has hecho excelentemente bien, bebió y se sirvió, y yo con un ojo al gato y otro al garabato, craneando machín a todo lo que daba, pensando, ¿para dónde va, hacia dónde me quiere llevar el güey?, me ha traicionado y me está dando por el lado, chale, por sí o por no mantenía mi mano muy cerca de la Walther, qué onda, entonces hubiera podido sacar y a cómo te tiente, acabarlo, pero esos momentos hay que vivirlos, saborearlos como quien dice, y si se alargan hay que saber morderse un huevo, Gracias, respondí y me interrumpió, Pero no has cumplido nuestro trato, ayer fue 22 y el hombre sigue vivo, ¿qué pasó?, pensé, Este güey no tiene madre, sin embargo decidí seguirle el rollo, Tenía mi plan, contesté, Llamé a Elena

Zaldívar para informarte que lo haría el 23 en la carrera pero nunca contestó, entonces el Veintiuno sonrió acá, bebió de nuevo y empezó a imitar la voz de la grabación, «Hola soy Elena Zaldívar, por el momento no puedo contestar su llamada, deje su recado y su número telefónico...», no pues, Órale ahí, pensé, ahí te llevo con tu pendejo, chale, bebió hasta acabar el vaso y se sirvió otro. Tranquilo, dijo, y mi cerebro carnal, echando chispas, Supe que fuiste con el jefe H y que te reinstaló, encendió un cigarrillo, Me mandó llamar y tuvo a bien darme una comisión, espero que no se entere en las que ando, No se va a enterar, comentó el bato después de una larga fumada, Está muerto, cuando te dicen eso es que ha llegado el momento de darte cuenta para dónde va la onda, y yo, que soy de los que piensan que lo que se vaya a cocer que se vaya remojando en chinga saqué la Walther, Qué onda güey, el bato sonrió, ¿De qué se trata?, exploté, Tranquilo Macías, dijo el bato, Tú y yo no somos enemigos, somos socios, me paré apuntándole, Qué socios ni que la chingada, me mandaste a Harry para que me diera baje y todavía dices que somos socios, el bato seguía igual: calmado, burlesco, y yo carnal, no me la andaba acabando, Eres un pinche traidor de mierda, Qué pasó Macías, no pierdas la compostura, y por favor no me hables de ese imbécil, ¿te digo una cosa? Nunca te había visto así, desfigurado por la ira, ¿qué no te dicen el Europeo por tu sangre fría? Y clávandome una mirada helada agregó, Y baja esa pistola, no tiene caso, con Harry pudiste porque era un tonto, pero con los dos que tienes atrás, no creo, además tú nunca fuiste kamikaze, siempre buscaste y lograste salir bien librado de tus compromisos, ni creas que volteé para atrás, nel ni madres a otro perro con ese hueso, Ese truco es muy viejo, contesté, Ni tanto, respondió a mis espaldas una voz conocida, me volví y simón, dos batos me estaban apuntando, chale, el guarura más guapo del mundo con un AK-47, y un destripador que había visto alguna vez pero no recordaba su nombre, habían salido del baño, Ándese paseando, pensé, para eso me gustaban estos pendejos. El guarura más guapo del mundo dio un paso hacia adelante y dijo, Tira el arma Macías, y yo con ganas de preguntarle Raúl qué onda, cómo está Brenda, Vamos, dijo su compañero, creo que me apuntaba con una Glock cuarenta y cinco, No te hagas pendejo güey, ándese paseando, volví a pensar, este destripador es de los que me gustan: duro y malhablado como el Harry; no pues, por supuesto que yo también les estaba apuntando, y hubo un momento muy duro en que yo no sabía qué hacer y creo que ellos tampoco, Total, si nos vamos a dar en la madre nos damos, pensé, al cabos esta onda ya valió madre, pues sí ni modo que qué, en fin, para morir nacimos, a poco no; pero nel ni madres carnal, ya sabes cómo soy, yo seguía buscando la manera de salvarme, no me la andaba acabando, aquellos cabrones se habían bajado al jefe H y en ese momento me tocaba a mí, ni modo de hacerle como en el cuento del masón, no sé si lo conozcas, un masón que van a quebrar, está en el paredón de fusilamiento, hace una seña acá, chila, sólo comprensible por los masones, el jefe del pelotón resulta ser masón y lo deja ir; pero ahí ni madres carnal, los batos eran perros y les encantaba la carne de perro. Total, chingue a su madre, me dije, date en la madre con estos cabrones, quien quita y sólo salgas herido, tírale primero al destripador, tal vez piensen que te vas a rendir y los sorprendas, traía mi chaleco antibalas pero la neta, nunca he confiado en ellos, son como las viejas: muy acá, muy redonditas pero a la hora de la hora salen con celulitis, a poco no; todo esto fue muy rápido carnal, fue de volada, sin embargo no pude hacer nada porque el Veintiuno se me acercó por la espalda, me puso una cuarenta y cinco en la sien y me quito la Walther, Ya no eres tan seguro Europeo, dijo el bato, luego se echó un espich acá, Cuando me pidieron una persona que pudiera matar a Barrientos, segura, con excelente puntería, que no hiciera preguntas, algún solitario que pudiéramos eliminar después sin ningún problema, ahí me quitó la Springfield de Harry, Pensé que eras el indicado y así te lo hice saber, te has de acordar, sentí un poco de pena porque eras buen elemento, leal y cumplidor, pero así es la vida, Pues sí, pensé, hay veces en que uno pierde y otras en que deja de ganar, Hice todo lo posible por no perderte de vista pero fue inútil, continuó el bato, Pensábamos que podías hacer el atentado en la carrera, y no está mal la idea, pero no podíamos dar contigo y Harry y los otros se desesperaron y los descubriste, ahora ni modo Macías, debo confesar que me caías bien, pero tienes que morir, Momento, ¿y mi dinero?, le dije. ¿Verdad que es una pregunta muy pendeja? Pero ¿qué preguntas puedes hacer cuando están a punto de darte cran?, Dinero, dijo el bato agarrando cura, Ya no lo vas a necesitar, ¿para qué quieres dinero en el infierno? Además fallaste y tú bien sabes lo que significan las fallas en este negocio; chale, no me la andaba acabando y me volví a acordar del sabor de las galletas pancrema, Por cierto, siempre temí que checaras las pacas de billetes, porque en medio de los billetes grandes pusimos algunos de un dolar, Ándese paseando, para eso me gustabas, pensé, Hijo de tu pinche madre, dije, con razón no regateaste, los otros batos también se estaban riendo acá, bien burlescos, no pues, qué gacho, En realidad no fue tanto, no creas, no podíamos arriesgar, ahí ya no me apuntaba y en vez de la pistola traía el vaso de güiski y me acordé: el güiski de la vida, el güiski de la eterna juventud, de cuando estuve en La Castellana brindando, bien tumbado, Bueno, dijo el bato después de un trago, Confiemos que en Tijuana no pase lo mismo, y arreglándose el nudo de la corbata, Es todo suyo, indicó a los otros, Busquen un sitio lejos del hotel y llévenlo al baile, ahí fue que me acordé de mi corbata, qué onda, por qué la había mandado, la traía puesta y ni cuenta se había dado, no me quería morir con esa duda, pues sí ni modo que qué, Perdón, dije, ¿puedo hacer una pregunta? No puedes preguntar ni madres, dijo el guarura más guapo del mundo, dándome un empujón con el cuerno, chale, Sí hombre, intervino el Veintiuno, Que la haga, es lo que se acostumbra con los condenados a muerte, una especie de última voluntad, Es nomás curiosidad, dije ya de plano con las pilas bien bajas, casi convencido de que me iba a reunir con mis antepasados, pues sí ni modo que qué, Hazla rápido pues, gritó el guarura más guapo del mundo, el destripador me wachaba con ojos de fiera, ¿De qué se trata?, preguntó el Veintiuno haciendo la voz como Elena Zaldívar, ¿Qué significa la corbata?, se la solté cuando daba un trago y lo dejó a la mitad, órale, me miró, ¿Qué corbata?, Órale ahí iba yo a contestar pero no fue posible porque en ese momento se hizo el desmadre universal, patearon la puerta que había quedado abierta, se fue la luz que de por sí no era muy fuerte y entraron echando bala como locos al más puro estilo de los bosnios herzegovinos, chale, un verdadero desmadre universal, carnal; me tiré donde pude, traté de recuperar mi fusca pero en el desánimo ni cuenta me di dónde la había dejado el Veintiuno, así que opté por quedarme quieto y esperar que Dios me ayudara y no me pasara nada; se oyeron quejas, cuerpos que se desplomaban machín, vidrios rotos, era un pinche alucine carnal, un pinche aquelarre, así como seguramente se va a acabar el mundo, no pues, así como empezó de volada acabó; entraron varios batos tendidos qué onda, de pronto se hizo una calma acá, chila, la calma después de una balacera es más profunda que la calma después de la tormenta, a poco no; se oían los pasos de los batos que caminaban con cuidado, y en eso, muy cerca de mí, pum, un disparo, qué onda, era el Veintiuno que se había suicidado, no pues, a mí también me caía bien el bato, aunque al final me traicionara gacho.

Los batos me cincharon mientras venía la luz y entraba el Jiménez muy acá, ya sabes, el bato chilo que se las comía ardiendo, el muchacho de la película, traía dos celulares a la vista, qué onda ¿y ahora qué?, pensé, ¿soy de los buenos o de los malos?, entró también Cifuentes, que me saludó levemente pero con simpatía, Jiménez puso un pie sobre el Veintiuno, Me hubiera gustado atraparlo vivo, expresó, luego se volvió a mí, qué onda, Qué pronto nos volvimos a encontrar, ¿verdad? Estás detenido Macías, yo me encargaré de que vayas derechito a Almoloya, Y yo me encargaré de que vayas derechito pero a chingar a tu madre, órale, lo pensé y se lo dije, pues sí ni modo que qué, me tenía harto el cabrón; ahí sí pude hacer lo que nunca había podido en San Pedro, ¿te acuerdas que te conté de los borlos de San Pedro y de los morros de allí, que siempre andaban buscando bronca? El Jiménez me wachó como fiera y me atizó un chingadazo que no es por dártelo a desear carnal, pero creo que es el madrazo más gacho que he recibido en mi vida, aquí carnal, en la espalda, cuando cambia el tiempo todavía me duele, chale; Pensándolo bien, a lo mejor no llegas a Almoloya, agregó el bato riéndose acá, con risa de triunfador, y yo, ¿qué chingados me pasa?, ahora todo mundo se ríe de mí,

¿qué onda?; estaba soportando ese dolor que te digo cuando me di tinta de que el bato traía una corbata igual a la mía, qué onda; pinche Jiménez carnal, no sé cómo pero ahí fue que me empezó a caer el veinte, el bato se dio cuenta de que lo estaba wachando, Para ser tan pendejo fuiste buen emisor, dijo el bato mientras me quitaba la corbata, Como ves, te hemos podido seguir con relativa facilidad, Elena Zaldívar la colocó en el portafolios, lástima que le costara la vida. El jefe H, que entre otras cosas te conocía muy bien, de alguna manera previó que te la pondrías para entrevistarte con el Veintiuno; de cualquier forma habíamos colocado un par de micrófonos de alta sensibilidad, dijo mientras se acercaba a una lámpara y sacaba una chuchería que sin duda era uno de los últimos inventos de los gringos.

Tratando de entender a la pinche vida eché un lente por el lugar, que Cifuentes y sus compañeros ya habían inspeccionado, el guarura más guapo del mundo y el destripador eran una sola masa roja, estaban encimados, bien chilo; ¿Es cierto que murió el jefe H?, pregunté, Los hombres como el jefe H no mueren, pendejo, gritó Jiménez bien encabronado, Cifuentes, agregó, Actívate; Roldán, vamos a llevarnos al prisionero, vamos a hacer que suelte la sopa, en las grabaciones que tenemos es claro que querían matar al candidato y que este sujeto era el brazo ejecutor, vamos a ver quiénes son los autores intelectuales; Roldán me esposó por delante, pensé, Qué les voy a andar contestando si no sé ni madres, pues sí ni modo que qué, les iba a decir que al único que conocía era al Veintiuno, pero nel, agarré la onda de que no valía la pena gastar saliva, pues sí, hay veces en que uno pierde y otras en que deja de ganar, le debía varias al Jiménez y era su oportunidad; además con los métodos que teníamos me canso ganso si no confesaba lo que fuera en tres patadas, a poco no, ya te dije, no soy de palo.

Jiménez ordenó a algunos agentes que se quedaran a aguardar al forense, luego salimos, ¿qué me esperaba?, no quise pensar en eso, chale, pero sentí un pinche vacío en la panza, el embudo gacho de que ya te conté, no me la andaba acabando, sentía que me deslizaba machín hacia el final donde los alaridos eran más fuertes, el Jiménez iba adelante, muy acá, chilo, luego Cifuentes y detrás yo y Roldán, me acuerdo que traían sus pistolas enfundadas, Qué sorpresa Macías, comentó Cifuentes mientras caminábamos, Y pensar que hasta te ibas a casar, Neta que no supe qué contestar. En la administración un agente mantenía tranquilos a los empleados, que estaban agachados tras el mostrador. Curiosamente o a lo mejor por la cadena, los batos habían estacionado sus carros entre el mío y la camioneta blanca. La madrugada seguía fresca. Ya nos íbamos a subir a uno de los carros cuando chale, va saliendo la Charis de atrás de la camioneta blanca, No se muevan, gritó con una voz de lo más gacha, pero de lo más dulce para mis oídos, mientras les apuntaba con la Colt Doble Águila de Harry que yo le había dado para que me ayudara a cargar y que había olvidado pedirle.

Te quiero decir que también me decían el Europeo por rápido, aunque eran ondas orientales que yo había aprendido en karate. De volada cinché a Roldán, lo desarmé y lo maté, porque, carnal, no podía ser de otra manera, la Charis no sabía de eso y aquellos se dejaron ir como perros sobre ella, se engolosinaron, la dejaron como coladera, chale, no me la andaba acabando, ellos de volada se dieron tinta de que yo estaba armado y cubierto en la parte trasera del carro, se movieron y se protegieron con la camioneta, órale, me agazapé machín, escuché ruido a un lado, en el acceso al Morocco, vi que alguien se movía sigilosamente, era el agente que estaba en la administración que no distinguía qué onda, no sabía con quién iba, digo, porque se me puso a tiro y rájale, a como te tiente, nomás oí una queja y el golpe al caer en la oscuridad, aquí aquéllos dispararon machín, Entrégate, gritó Jiménez; mientras caían los cristales hechos añicos, me cubrí en una llanta y waché por debajo del carro lo que podían ser los pies de los batos atrás de la camioneta, disparé y yo creo que les pegué en los tobillos porque se quejaron como si se hubieran quemado, Ay güey, se oyó, Voy a matar a ese perro, gritó Jiménez, y me lanzó una pequeña granada de gases lacrimógenos que además hacía un ruido infernal, chale, una onda con la que llorabas pero sobre todo te ponías muy nervioso y parecía que se te iban a reventar los oídos, órale, pensé, ya te estabas tardando con tu gringada, la bronca fue que el bato calculó mal y la granada rebotó en el carro y fue a meterse bajo la camioneta, más cerca de ellos que de mí, nunca agarré la onda de lo que había pasado hasta que los vi entre la humareda, tratando de brincar la bardita de la iglesia, no pues, pum pum, a como los tiente, la neta no los distinguía pero él que iba delante disparó y cayó, el otro, más zorro, me descargó su pistola desesperado por el ruido de la granada, claro que yo también estaba llorando y con estrés, jalé el gatillo y nada, la granada no dejaba oír ni el clic, de un salto de tigre me puse donde había caído el que estaba en la administración y le quité la pistola, mi enemigo, que era una mancha que apenas veía, se estaba acercando como si estuviera tumbado, gritando bien locochón, en ese momento las campanas de la Lomita empezaron a sonar, un sonido acá, muy raro, como espeso, lechoso, no sé, qué onda ¿Tengo galletas pancrema?, pensé, y luego, Dios mío, ¿esa es la señal, quieres a este cristiano en tu seno? Pues órale, ahí te va, y disparé, la sombra se tambaleó machín, le solté la carga mientras recibía un chingadazo en el pecho que me tumbó, sin embargo me sentí tranquilo, sabía que le había pegado en la frente, pues sí, ni modo que qué.

Encontré las llaves de las esposas entre las ropas de Roldán y me liberé, luego fui a ver a la Charis, chale carnal, estaba roja, cocida a balazos, no me la andaba acabando; ¿sabes qué, carnal?, pásame el pinche gallo cabrón, y permíteme que no te cuente más de ese rollo, es que me agüito bien gacho, neta, pues sí ni modo que qué, la morra se había expuesto por mi culpa, le quité la Colt de Harry, con decirte que ni siquiera había cortado cartucho, es que ella no sabía nada de este rollo, carnal. No pues, me tuve que largar rogando que Dios la tuviera en su gloria. Me imaginé que aquellos batos serían considerados héroes, y ella…, chale, es lo que te digo carnal: pinche vida, luego no sabes pa dónde agarrar.

Eran casi las seis de la mañana cuando llegué al hotel, estacioné el carro azul en su antiguo lugar y me fui en chinga a la habitación de Harry el Sucio, porque vi que estaba entrando el picapón del Willy. La tele seguía encendida pero no me acuerdo qué pasaban. Llegó de volada, ahí nomás sentí el tufo como siempre, llegando a todas partes antes que él, chale, neta que era más fuerte que el de los indios. Simón que se sorprendió de que yo le abriera, Quiubo, ¿qué onda, pinche Yorch?, Entra, le dije con una voz acá que yo mismo desconocí, una voz, cómo te diré, no sé cabrón, pero como debe hablar el diablo, y el bato la sintió machín, porque como que quiso cotorrear, así pues como era él, pero no pudo, vio el cadáver de Harry, y se quedó acá, todo friqueado, luego me wachó, se me quedó clavos, como diciendo, Loco, ya me torciste; no hablábamos, nomás nos wachábamos, lo desarmé, había recuperado la Beretta y la traía fajada, La tenía el Vikingo, dijo con cierta inocencia y tratando de sonreír, pero yo ni madres carnal, ya sabes, lo que se vaya a cocer que se vaya remojando, de volada le puse en la cabeza la Colt que traía la Charis, pues sí cabrón, ni modo que qué, hay que ser puerco pero no trompudo, Yorch, dijo el bato, y yo, Cállate, no quiero oír tus pinches razones, Sé que me vas a matar, continuó, Está bien, la regué, pero siempre fuimos buenos amigos, acuérdate, No quiero acordarme, me traicionaste con unos cabrones que no valen la pena, Puede ser, dijo, Ya ves cómo pasan esos rollos, conocí a Harry con Los Dorados, fuimos compañeros en muchos desmadres y hasta viví en su casa, era socio de Kalimán, me buscó para que les vendiera coca y me ofreció una lana por hacerles un paro, estoy quebrado Yorch, hasta después supe que se trataba de ti, neta que no pensaba dispararte, A otro perro con ese hueso pinche Willy, me traicionaste gacho y tú sabes lo que se debe hacer en estos casos, chale carnal, me estaba llevando la chingada, ¿y sabes cuál era la onda? Sentía que los huevos se me estaban haciendo chiquitos, me acordaba, aunque no quería, de nuestra larga amistad, de los desmadres, pero también del cuerpo ensangrentado de la Charis y de que me había andado buscando para quebrarme, y chale, sentía eso te digo, que los huevos se me hacían cada vez más chiquitos y que perdía valor, no me la andaba acabando. No te pido que me perdones, dijo el bato, golpe dado ni Dios lo quita, sólo una cosa carnal, agregó ya con la voz quebrada y con algunas lágrimas, Una cosa que no quiero que me niegues: te encargo a mi morrita, loco, ella no tiene culpa de nada, ayúdale en lo que puedas al cabos que tú no tienes

226

hijos, y neta que ya no tenía huevos y me estaba entrando el sentimiento, no pues, chale, y yo que me la daba de duro y me la pasaba huyendo de todas las ondas románticas y pa madres me gustaban los niños, chale, así que mejor disparé, a como te tiente, le pegué en la pura cabeza; cayó muy cerca de Harry, Para que sigan juntos Los Dorados, pensé todavía encabronado, pero luego como que entré en otra dimensión, qué onda, aluciné bien machín, no pues, como que me había pasado de felón, ¿no? Chale, había matado a mi mejor amigo, de volada me eché un pase para calmarme, pues sí ni modo que qué, no es tan sencillo como parece.

Me fui a mi habitación tendido como bandido, iba a sacar mis chivas pero nel, ahí que se quedaran; me puse el disfraz de indio, en una bolsa de plástico de esas que hay en los hoteles eché el perico, las galletas pancrema, una coca, me fajé la Beretta y me largué, ahí nos vidrios cocodrilo si te he visto no me acuerdo.

Caminé por el puente Almada, iba así carnal, todo friqueado; había poco tráfico, vi un montón de raza que estaba en el malecón que pasa por abajo del puente, era la raza que iba a correr con el candidato, qué onda. Bajé por la lateral para echar un lente, ya venía el candidato con una mancha de jodidos encargados de su seguridad, venían también fotógrafos, periodistas, camarógrafos, atletas y curiosos; empecé a caminar por el malecón y me alcanzaron, es más, me detuve para wachar machín, acá, a mis anchas, Barrientos me sonrió, me saludó y me hizo una seña invitándome a la trotada, dije que no con la cabeza, pensé, Órale bato, estamos entrados, pero nel, ya viste lo que pasó ese mismo día en Tijuana, la pura pinche locura carnal, por eso se olvidaron de mí. ¿Cuándo oíste o leíste que en Culiacán se iba a hacer ese jale? ¿Nunca, verdad?, no pues, por eso te digo carnal, que unas veces se pierde y otras se deja de ganar, a poco no.

Latebra Joyce 1998